更好的生活

凌性傑
吳岱穎・著

目次

後記

附錄

新版序

靈魂深處傳來的回聲

凌性傑

每個人的心理時間，刻度寬窄是不一樣的。對我來說，十年好像只是一眨眼之間的事。職場生活型態實在太過穩固單一，持續走下去像是一眼就可以望見盡頭。工作，謀生，與親近的人彼此照顧，人情世故裡拖著磨著也就老了。唯一能夠有點堅持的，就是選擇過日子的方式，感覺疲憊憂傷了，就幫心靈敷上一層黃金面膜。

二〇一一年出版《更好的生活》，還沒懂得什麼叫做哀樂中年。那時有一群喜歡的人圍繞在身邊，偶爾吃飯喝酒，偶爾結伴旅行，寫了新的詩就私下傳給他們看。也不過就是這六、七年之間的事，步入中年的沉重功課是生離與死別。不論生離或死別，其實都不容易，原以為是無常迅速的，其實是生命的常態。當生活中的日常交會不再，我只能不斷晃遊，在詩的領地，想念那些已經遠去的人。二〇二一年夏天，岱穎長眠於木柵，那或許是專屬於他的，更好的生活。

岱穎曾經說過：「詩像是一扇玻璃窗，透過窗你會看到作者的表達，但有時也看到自己的倒影。」讀詩的時候，心與心、自我與自我在玻璃窗上相遇，疊映，瞬間覺得自己感受到了什麼，或是懂得了什麼。

我寫詩的狀態常常是：「置身宇宙的某一處，擷取從靈魂深處傳來的回聲。」深深相信，將遭遇賦予藝術，那或許是詩意的核心。仔細撫摸心裡那些微妙的皺褶，也許就是藝術化的起點。很喜歡某一原住民族的問候語，「我可以輕輕摸摸你的心嗎？」詩人可能就是喜歡摸摸萬物之心的人吧。所有美麗的摸心術，把百無聊賴的日子變得有趣了，陪著自己度過苦悶難熬的時刻。

真正的詩可以深入人心，用聲音、用文字符號傳達情感與想法，產生最大的默契與感動。對我來說，詩是最光明的祕密，也是靈魂深處的奇異震盪。我相信文字中存在著神靈，每個人最真樸的性靈可以與萬物相互感通。所有文類中，詩或許不是最有效率的溝通形式，但卻是最具美感力量的。現代詩歌最迷人的作品，可以兼顧個性化的表達以及普遍的精神流動。

我喜歡讀起來好聽的詩，那會像是直抵靈魂深處的音樂。

有些詩只能回應當代議題，抽離那特定時空背景之後，就變得完全無法理解，也無法傳遞能量。這樣的作品，很難達成更遼闊的溝通。我偏好的新詩是比較有穿透力的那種，即便換了時空，仍然可以撞擊內心、直指人性，普遍且深入地讓人感動。

十年過去，原本與岱穎約好要改寫《找一個解釋》，續寫《更好的生活》第二集，如今卻是再也不能夠了。趁著《更好的生活》十年新版，在本來的架構上，增添近來書寫的四篇新文章，一併留下讀詩的軌跡。重讀《更好的生活》發現，岱穎跟我理解生活、理解現代詩的路徑是那麼相似，只是，「卻顧所來徑，蒼蒼橫翠微」。我自己最偏愛的散文風格，正是《更好的生活》呈現的那種——聆聽時光，聆聽世界，存取靈魂深處傳來的回聲。在這本書裡，充滿各種型態的相遇，我們把生活體驗與文學知識寫在各自的散文中，有熱愛，有感激，有珍惜。

且讓我們以詩意彼此祝福，在這疾疫陰影下尋找光亮，迎來嶄新的、更好的生活。

推薦序

詩與思的高度結合
——序《更好的生活》

隱地

詩是一切藝術的精華。讀詩、寫詩、朗誦詩或是賞析詩，都是優質生活、更好的生活，甚至是最好的生活。有一天，如果連商人和政治人物也肯接近詩，說話的時候能引用一兩行詩句，均屬加分行為；而戀人的生活裡若加了詩，更是集美好生活之大成，讓人覺得這世界美如月光燦爛如朝陽。

賞析一首詩，評介一首詩，類似詩導讀的詩評詩論集，在台灣，早年蕭蕭、張漢良、羅青、張默、向明、白靈、陳義芝、陳幸蕙……許許多多詩人、教授都曾寫過編過類似的詩選和詩評集，但像凌性傑和吳岱穎這樣由兩人合寫合編的書並不多，更特別的是，兩人的文筆調性類似，若不看書末兩人分別撰寫的篇目，一時還真不容易分辨何篇由何人執筆。

凌性傑和吳岱穎都是年輕詩人中的閃亮矚目之星，前途未可限量，兩人都在建國中學擔任國文老師，年齡相仿、興趣相同，兩人都熱愛文學，如今合寫一冊賞詩讀本，卻更超越賞詩讀本的範圍，解析一首詩的結構和美學之外，這本書最大的特點在於本身就是篇篇質地精美的敘情散文，全書充滿睿智的思維，也是他倆自我成長的心路歷程。讀此書，彷彿在詩園散步，不但思考詩的問題，同時也思考人的問題。透過此書，我們不但跟隨兩位詩人進入奼紫嫣紅的詩花園，而且他倆把每一首詩分析得神韻分明，譬如凌性傑〈事物的相關〉一文，論及馮至十四行詩，他幾乎讓詩人馮至復活在我們眼前，把五四年代拉成一條線，宛若接上電源，讓我們清清楚楚和現代詩劃上等號，真的是將一個「看似毫無相關的一切，在一個光影幽微的午後兜攏在一起，充滿了神祕與趣味」。何況還讓我們懂得十四行詩的來源，結構和韻式作法。

吳岱穎也是一位優質的詩評家，他能把一首好詩好在哪裡說得透透徹徹明明白白，譬如在分析陳義芝的〈手稿〉一詩之前，他先寫出自己和建中學生之間的一段師生情誼，紅樓少年的青春心念和肉身，他全了然於心，並自比是動物園的飼育員和馬戲團的馴獸師。至此，點出作者開首兩句：「生活就是一場儀式，生命本身就是一種獻祭」引言的意義和源由，並帶出陳義芝「溫暖中暗藏寒涼，熱情裡透露冷靜」的詩篇，接著像說明書般的，將〈手稿〉的地基和高度，從各個角落闡釋，讓讀者終於了解經過古文經典薰陶從中文系出身的詩人畢竟和自學自練者有所不同。

吳岱穎生命裡第一個接觸的詩人是楊牧。那時他就讀花蓮中學，原名王靖獻的老學長楊牧隨著老校長在走廊上走過……升高三的暑假，吳岱穎又偶然地在公共電視頻道看到楊牧的身影，詩人在螢光幕上一筆一畫寫著自己的詩句「但知每一片波浪／都從花蓮開始……」，就是這一行詩，引發吳岱穎寫下生平第一首名為〈雪止〉的詩。等到高三準備考試的艱難時光裡，吳岱穎在花蓮唯一一家大型書局（書局如今還在嗎？）裡買下楊牧的詩集《有人》，而這也是吳岱穎所購買的第一本詩集。

其餘諸篇，也均有勝場，將各個詩人的特質均能娓娓道來，凌性傑和吳岱穎共選了卞之琳、余光中、商禽、鄭愁予、吳晟、陳育虹、陳黎、羅智成、莫那能、焦桐、顧城、瓦歷斯．諾幹、海子、許悔之、林婉瑜、羅毓嘉等二十五家詩作討論，從徐志摩到林育德，時間縱橫七、八十年，空間更是自台灣綿亙至整個中國大陸，可謂是一本全方位頗具代表性的抽樣性詩評和詩賞析選集。

可見只要有心努力，任何年輕的文學種子，將來都有開花結果，成為一棵大樹的可能。

詩家推薦

每一篇都是詩意飽滿的散文。

——吳晟

生活≠詩。但詩必然來自生活的感知。詩因此必然可以回溯生活，印證生命的每個情態：孤獨、認同或嗔愛悲喜。

安・薩克斯頓（Anne Sexton）說詩人是那種能把木頭家具變回樹的人。身為詩人，性傑與岱穎做的不僅是這；經由日常的細微體會與廣泛閱讀，他們更跨前一步為我們指認出一棵棵樹，並把那些樹帶回我們的生活。

這時，詩就是生活。更好的生活。

——陳育虹

不曾凝固的信仰

如果你認識性傑，會發現「愛是唯一的信仰」不僅是他筆下文字，更是他本人的寫真。二〇〇〇年左右，我們在咖啡館相識，首次交換閱讀彼此詩作；再次相遇，是數年後林榮三文學獎頒獎典禮，彼時他已在建中任教，我可以感到他在精神上已更為堅定富有，彷彿蘊藏了許多熱度、能量，且不吝嗇地傳遞予旁人。相信他的學生、讀者、朋友，亦能感受他這分潤澤的本質；他的詩帶來一種美好的信念，溫暖了這個毀壞中的世界。

岱穎是內藏的，但更靠近他，就知道他的冷靜不代表沒有意見。反之，對文學對人生，優劣好壞他自有一套緻密的標準，如他遍嘗美食的靈敏味蕾，飲食在他口中有百種滋味千種形容，他所料理的文字亦微細而精妙。

詩論的作者可以評論詩技巧，卻不一定每次都動用感性去回應詩的靈光。性傑和岱穎的詩論不僅有理的解析，還有對作者情感上的趨近，他們是「浸入」了詩中的情境、時空，不僅回應文字表面，也回應詩人內在的心靈圖像。

若缺乏生活體驗、缺乏人與人間的觸碰交會，情感怎麼流動？怎有寫作的材料和驅力？生活中，孩子帶給我各種體會；而他們與一群青春正盛的菁英學子相處，聆聽學生的創傷和成長，目睹各式殊異的人生版本，他們的心回應著這些，因此不曾鈍化不會凝固。深厚的國學基底、對古典和現代文學的了解、自身創作經驗，總和三者，使他們的評述既廣且深。親近的姿態真摯語言，使從未讀詩的人也能跟隨、呼應書中詩想。有許多讀者是因他們的導引，才走進「新詩」這個不輕易的領域。

很高興與性傑、岱穎身為年齡相近的詩人，且時有談論詩藝的機會；我並不需要推薦這本書，是這個時代確實需要他們。

——林婉瑜

這是風日俱佳的時節，文明富裕而豐饒，展冊讀詩的人彷彿越見稀少。科技使光速傳遞的訊息成為可能，材料使寬闊牢固的樓廈成為可能，燈光，使得眩目迷幻的夜晚成為可能……但科技不能使我們免於寂寞，材料不能令我們擁有堅強的心靈，燈光終將消逝的時刻，憂鬱和哀愁，往往是最先來敲門的人。

幸而我們有詩。在那些脆弱，不安，動搖的片刻，所有的愛慾生死，痛與快樂同聲襲擊，詩人總先我們一步謳歌那些巨大無以名狀的問難之核心。哪怕問題擁有不只一個解答，詩人還是持續提問，要在針尖開鑿城市，在砂粒裡邊充盈海洋。

性傑與岱穎此書，穿梭時空，句讀與身世，為詩之意義與解釋找尋安置。帶領我們在這風日俱佳的時節，往更好的生活繼續前進，而不止不息。

——羅毓嘉

更好的生活，在此地與遠方

初識性傑與岱穎，是在我故鄉濱海的高中，那時性傑尚在濱海高中任教，而岱穎則任教於美崙山另外一頭的國中。我習慣以老師稱呼性傑，但不太習慣用同樣的方式稱呼岱穎，總像是攀關係般的稱呼岱穎為學長，事實上他正是大我數屆的濱海高中校友。緣分使一個試圖書寫，總想著離開家鄉的悶騷少年，在他們兩位青年詩人的啟蒙與帶領下，乘上詩歌的船隻，初次領略文學之洋，生活中充滿愉悅。那些三人共同飲食歡談的夜晚，美食過後，等待我們的話題，便是詩了。

那些曾經與我有隔的詩作，在性傑與岱穎的口中，透過故事，透過人生，與我的生命有了觸動，有了愛，有了抵達。

多年過去，性傑與岱穎先後北上，在植物園旁的中學一同任教，而我經過幾所大學，回到家鄉繼續學業。或許有時疏於聯絡，在文學與人生之洋的角落，我們分頭航行。但透過雜誌上連載的篇章，總像是看見他們對我發出的訊息。

《更好的生活》書中的每一個篇章彷彿就是當年我們在濱海小城談詩與人生的一個夜晚。我彷彿可以進入那些他們所書寫的篇章之中，當一首詩，遇上人生的故事，遇上感情豐富的性傑，節制內斂的岱穎，兩個聲道交互發聲，演繹了讀者如何透過讀一首詩，經歷一段人生，然後，完成更好的人生。

——林育德

更好的生活

十周年增訂新版

偶然與巧合

偶然

徐志摩

我是天空裡的一片雲，
偶爾投影在你的波心——
　你不必訝異，
　　更無須歡喜——
在轉瞬間消失了蹤影。

你我相逢在黑夜的海上，

你有你的，我有我的，方向；
　　你記得也好，
　最好你忘掉，
在這交會時互放的光亮！

在午後的陽光中，把《慈悲情人》讀完了，心頭惻惻。鍾文音還是那麼勇敢，那麼野性，在文字裡帶出愛的存在與毀滅。小說中的女主角浪跡天涯，在遠走佛國時發展出短暫的情緣，仍然不斷懷想最初的戀人——遙遠的昔日，童男童女走進一家廉價旅館，想要用最純潔的肉身作為愛的報償，他們「還沒被哀傷毒素感染，不知人生是有過去有未來。」而這一段愛欲劫毀，要用一生來記憶與贖救，代價是何其沉重。「因為懂得，所以慈悲。」這是張愛玲對胡蘭成說過的話。若不是因為明白了，我想鍾文音大概寫不出這麼憂傷的作品。因緣聚散，好像雲迷霧繞，讓人身在其中卻怎麼也看不清自己。

每到六月我都會嗅到校園裡告別的氣味，年復一年的熟悉它，看著生命中的來來去去不斷發生。即將走出這個校園的青春身影來到我面前，問說可不可以在畢業冊上留幾句話給他們。彷彿有了一些勉勵祝福的話語，以及許多別具個性的簽名，就可以毫不猶豫的走向人生的下一個階段了。幫幾個畢業生題辭後，在二樓走廊上俯瞰著操場，舞台架設好了，畢業典禮再過一天就要舉行……前一天整個城市被雷雨胞籠罩，大家都擔心雨勢會持續多久。不過一夜之間，雨就停了，然後天空裡看不見半片雲。靜靜的站著，我不由得又想起D——那個聰慧早熟的學生，把自己的青春獻祭給愛情，一再迷路。我打電話探問，想要知道他的近況。我以為他已經好好的了，卻只能在唏噓中掛斷電話。暗自揣想，如果能夠逆迴時光，D會不會希望那個美麗的盛夏不曾發生，沒有買摩托車，也沒有遇見一個正當最好年齡的女孩。

幾年過去了，我卻感覺這些似乎都是昨天的事。只是那些昨天，實際上已經非常遙遠了。我告訴D，愛是要付出代價的。這代價，與愛的輕重無關，而是取決於命運的干涉有多深。

電影《偶然與巧合》裡，皮耶對梅莉安說：「越大的不幸越值得去經歷。」竟然一語成讖，人的意志再怎麼大，也大不過命運。梅莉安與男舞者相戀結婚生下塞吉，後因理念不合分手。梅莉安帶八歲的塞吉來到威尼斯，遇見了賣假畫的皮耶。皮耶將梅莉安母子畫入作品中，進而展開一場熱戀。然而在度假期間，皮耶帶著塞吉乘帆船出海時發生意外，攝影機記錄了他們生前的最後影像。傷心的梅莉安便帶著這部攝影機走訪世界，拍攝塞吉未完的心願——去加拿大哈德遜灣看北極熊、訪問冰上曲棍球員柏諾姆、到阿卡波柯看死亡之躍的高空跳水。在這趟旅程中，梅莉安的攝影機失而復得，她也從企圖尋死的悲痛中找到活下去的希望。皮耶生前曾說：「死亡是人類的摯友，人生最大的謊言。」梅莉安的身影在真實與謊言之間擺盪，終於安頓了自己。

不可避免的，任何一場感情風暴，來去之間令人猝不及防。徐志摩（一八九七——一九三一）的愛情遭遇大抵也是如此，簡短的〈偶然〉詩中，似乎藏了一則跟遺憾有關的人生故事。這首詩寫於一九二六年，刊載於五月二十七日《晨報副刊．詩鐫》第九期，署名志摩。這也是後來徐志摩和陸小曼合寫的劇本《卞昆岡》（一九二八年發表）裡老瞎子的唱詞。現代詩創作藉由鋪陳意象來表情達意，徐志摩可說是箇中高手。〈再別康橋〉如此，〈偶然〉也不例外。看似隨機選取的意象，其實都有著本質上的相關，構成完整的意義體系。詩句中的每一物像，都關涉到最內裡、最細緻的感情，不能以割裂、孤立的方式來看待。

這首詩結構齊整，兩小節互為對應，除了是音樂性的安排，也是情感的推衍使然。第一小節從開頭的兩行可以發現，「天空裡的一片雲」與「波心」相映照，代表我與你彼此相遇的偶然。一旦雲移影逝，或是驟起波瀾，相對應的關係就會消失無痕跡。而詩人故作豁達的說：「你不必訝異，更無須歡喜，在轉瞬間消滅了蹤影。」刻意淡化情緒——「不必訝異」、「無須歡喜」，適足以說明因為巧合際會而產生的心理變化。可惜的是，不過一瞬之間，美好的遇合消失無蹤，彷若未曾發生。用這樣的形象語言來談人與人之間的關係，特別是情愛的聚散，尤其具有說服力。徐志摩崇拜的印度詩人泰戈爾的《新月漂鳥集》中是這麼講的：「生命有如渡過一重大海，我們相遇在這同一的狹船裡。死時我們同登彼岸，又向不同的世界各奔前程。」短短幾行話，便把生命歷程中的所有遭逢，寫得既輕盈又透徹。

第二小節則把場景帶到黑夜的海上，景象更為壯闊。如果聯繫著前一節來看，雲影與水波各有去向，而天空突來的閃光，見證了一切。詩人的口氣是「你有你的，我有我的，方向」，而不是「你有你的方向，我有我的方向」，一方面避免了重複與囉唆，一方面也把「方向」特別標舉出來，句子寫得相當漂亮。「你記得也好，最好你忘掉」，把忘卻與記取講得何其輕易，然而情緒又是何其沉重。我相信這是一種故作瀟灑，否則不會在結尾點出這場交會是「互放的光亮」。他在日記裡說過：「戀愛是生命的中心與精華，戀愛的成功是生命的成功，戀愛的失敗是生命的失敗，這是不容疑義的。」又說：「我唯一的靠傍是剎那間的靈通。」徐志摩人生與詩藝的美感，就在這首詩裡融為一體了。

徐志摩在中國現代詩史上的重要意義，在於他的書寫出乎至情至性、唯美浪漫，以及對新格律的追求。這首詩在格律上頗見功力，徐志摩匠心獨運，在重複中設計了變化。於是原本可能流於呆板的韻律，變得靈動起來。全詩前後兩節的格律對稱，每一節的第一句、第二句、第五句安排了相似的音步。中間的三、四句則插入了較短的音步，每句五個字。句子的長短調節得宜，嚴謹之中亦見灑脫。卞之琳說：「這首詩在作者詩中是在形式上最完美的一首。」陳夢家則表示，徐志摩從〈偶然〉諸作之後，畫開了前後兩期的鴻溝，「他抹去了以前的火氣，用整齊柔麗清爽的詩句，來寫那微妙的靈魂的祕密。」

當時的徐志摩，靈魂的祕密究竟是什麼呢？或許又是跟愛情有關的事。我一直相信，愛情是一種美麗的交換——換我心為你心，消弭了存在的界線，獲得一種真實活著的整體感。只要擁有這樣的體驗，剎那即可是永恆。所以當時光一點一滴流逝，生命變得平淡枯寂的時候，總喜歡惦記那些恍若煙花燦爛的愛。一切都是偶然與巧合，教人不得不相信。某些偶然中的偶然、巧合中的巧合，讓我知道了，什麼叫作至死方休。

愛與不愛的問題，不也是偶然與巧合的問題嗎？當下的明白，往往不是真正的明白。總是要事過境遷之後才漸漸看清楚，那許多的理所當然。D對我說，很可能又要放棄了。眼前的一切，好像不再具有吸引力，點不燃他的熱情。我沒再問，上回他說到的那個女孩。我歎了一口氣說，或許所有的相遇，都是某種形式的錯過。也不敢問D，還寫不寫詩？還相不相信自己有追求美好的天分？仔細算來，已經是三年過去了。生活在同一個城市，我與D幾度約著要一起痛飲，卻又屢屢無法踐約。這次如果再聚不成，D可能就要休學去當兵，離開這個城市很長一段時間了。生命裡有這樣一段停頓，或者說是暫時離開軌道的時光，想必也是好的。不能重來的人生，最好能夠因此變得可信一些。

鍾文音說：「光是相信的本身就有力量了，甚至無需任何的儀式。」我很想告訴D，互放的光亮暗下以後，這世界仍有其他的光亮可以相信。

因為慈悲，因為懂得，因為那是我們相信的。

事物的相關

十四行集——十六

馮至

我們並立在高高的山巔
化身為一望無邊的遠景，
化成面前的廣漠的平原，
化成平原上交錯的蹊徑。

哪條路、哪道水，沒有關聯，
哪陣風、哪片雲，沒有呼應：
我們走過的城市、山川，

都化成了我們的生命。

我們的生長，我們的憂愁
是某某山坡的一棵松樹，
是某某城上的一片濃霧；

我們隨著風吹，隨著水流，
化成平原上交錯的蹊徑，
化成蹊徑上行人的生命。

現在想想，自己所經歷的人生到底是怎樣的一種人生，不免一陣恍然。帶著自身的記憶過生活，是有一點沉重，也有一點輕盈的。兩年前，我在新居憑窗外望，總可以看見白鷺鷥棲翔於附近的水澤。那一彎池子，春日一到便草色蒼翠，收容、積聚了蟲鳴鳥叫。每到夜裡，從那裡映射出點點幽光，像是對世界發出斷續的回聲。我總以為，所有的事物之間，存在著或未可知的呼應與相關。當下也許不明白，可是在時間過去以後，那些線索終將一一浮現。

如今白鷺鷥再也看不見了，水潭也早已填平。取而代之的景象是，一棟即將完工的大樓巍巍矗立，擋住陽光、遮蔽了我的視線。當我靠窗讀書，工地傳來敲敲打打的聲響。起初甚是不耐，如今聽得少了反而有些不習慣。就在我時而看書、時而出神之際，博士班同學S打電話來，聲音還是那麼乾淨有活力。我搬到新家以後，這還是第一次接到她的電話。這個活潑機敏的女子正準備寫博士論文，當我告訴她我放棄了學位論文，從此自由了，惹得她羨慕不已。這曾經與我有關的事，再也不成罣礙，博士班的同學也都星散了。從S口中知道其他幾位同學的近況，往日一起念書論辯的記憶似又來到眼前。

說完這些，S俐落直接的問我有沒有興趣接下一項寫作計畫。她說在新竹地區，一位事業有成的長者念念不忘要留下傳記。走過若不留下痕跡，生命的故事也就有如煙雲消散，好像一切未曾發生。但是這位長者無法自己進行書寫，才想要付費找人為他執筆。老先生的家人非常支持這項計畫，努力的蒐集了相關文件，傳主的錄音、錄影檔案亦一應俱全。萬事皆備，只欠東風。我對S說這項計畫很有意義，一定要盡力幫忙老先生完成。只是我分身乏術，無法寫這樣一本大書。如果真要寫，我也一定要親自訪談，與傳主有最直接的互動才能下筆。若只是一堆冷冰冰的資料堆在我面前，無論如何也寫不好的。

於是從記憶網絡中搜尋，推薦了幾個名字給S，希望她能聯繫到一位最適合的記錄者，幫助老先生完成這個願望。通話結束，我的心神回到書頁之中——王鼎鈞的《文學江湖》正是一個智慧老人的回望之作，以洗鍊之筆交代江湖風波以及命之所繫。書的最後提到隱地，我遂把《回頭》拿出來翻看，看兩位作家的生命故事交錯，用最真誠的筆探勘人性、檢視人生。同時，感覺到自己的幸運。蒙隱地老師厚愛，跟我約了一本二〇〇八日記書稿，讓我在書寫中認真的過每一天。

兩位長者歷敘生平的同時，我寫著每一個當下，終於覺得沒有虛度時光。能夠成為有故事的人，並且用自己喜歡的方式記錄下來，實在相當美好。

看似毫無相關的一切，在一個光影幽微的午後兜攏在一起，充滿了神祕與趣味。生活如此，生命如此，我想應該把馮至（一九〇五——一九九三）的詩集抽出來，靜下來好好的讀那些自足又完整的十四行。

這是馮至《十四行集》裡的第十六首詩，我認為是整本詩集的關鍵之作。詩與思高度結合，加上情感的潤澤，格律音韻既是手鐐腳銬，也是詩人用文字舞蹈的重要道具。新月派詩人夢寐以求的三美（建築美、繪畫美、音樂美），在這首詩裡確實的體現了。

馮至，原名承植，字居培，河北人。一九二一年京師第四中學畢業後，考入北京大學預科，開始嘗試寫作新詩，一九二七年畢業於北京大學德文系。其後於哈爾濱、北京等地任教，一九三〇年赴德留學，專攻文學、哲學。最早的兩本詩集《昨日之歌》（一九二七）、《北遊及其他》（一九二九）在中文新詩發展上有重要的地位。一九四二年出版的《十四行集》收有二十六首十四行詩，在形式上力求突破，對中國新詩格律化來說是一次絕佳的展示。馮至此一系列作品同時也拓深了詩歌的意義層次，朱自清認為其中有「耐人沉思的理，和情景融成一片的理」。魯迅曾譽之為「中國最傑出的抒情詩人」。張錯則如此評論：「溶情於理，入理於情，四〇年代詩人群中以獨特形式而臻達如此高度抒情者，無出其右。」

馮至師法德國現代派詩人里爾克，鎔鑄中國古典，寫了這一本《十四行集》，帶出現代詩的新世界。十四行體在普羅旺斯語中為sonet，在義大利語中為sonnetto，在英語中為sonnet，中文根據英語音譯為商籟體。其分節形式多樣，「八句、六句」、「四句、四句、三句、三句」、「四句、四句、六句」、「四句、四句、四句、二句」，也有不分節的。其格律主要為：一、詩行總計十四行。二、每行的音數或音步數相同（由詩人自定）。三、每一小節的韻式相同。而用各種語言創作的十四行自有不同，正體外尚有變體。

我直覺以為，馮至一定自問過：人如何認知自己的生命，又如何認知外在的世界？人與他者之間，究竟有怎樣的關聯？正因人無法孤立的生存，所有現象也無法孤立的存在，所以本詩一開始即言明「我們」，用一種拔高的姿態看待世相與人情。人生中所有經歷過的事物，都會成為我們生命（記憶）。用「我們」而不用「我」作為敘述主體，這是刻意的選擇，把自我放進關係脈絡中。「我們」一詞出現了六次，加強了印象，也拉近了讀者與創作者的距離。藉著詩句，讀者成為一起發現世界的「我們」。

第一節視野開闊，面對自然大化，音韻舒放。第二節、第三節中，呈現了詩人對生命的體驗。「哪條路，哪道水，沒有關聯，／哪陣風，哪片雲，沒有呼應：」、「我們走過的城市，山川，／都化成了我們的生命。」、「我們的生長，我們的憂愁／是某某山坡的一種松樹，／是某某城上的一片濃霧；」這幾句彼此呼應，也彼此詮釋——路、水、風、雲、城市、山川皆有所關聯、有所呼應，而這正是由於我們的生長、憂愁，讓外在於我們的事物都成為人生經驗的一部分。

第四節則與第一節回環相扣，反思生命自身，有一種旋律迴旋之美。這兩節一再使用排比、類疊的修辭手法，暗示我們，人生故事及經驗流散在走過的每一個角落。那些角落、場所，便收容了我們的精神，存在的痕跡。

最特殊的是，這首詩中的「化」字，重複出現凡六次，而毫無遲滯呆板之感。不管是「化身為」、「化成」，皆揭示了物與我相互融通的可能。詩人用感官直覺理解這一切，直有與天地並生、與萬物一體的自然觀。形諸文字時，又能節制情感，凸顯哲思。

對於詩歌語言的鍛造，詩人艾青說：「假如我們沒有把文字重新配置，重新組織，沒有把語句重新構造，重新排列；假如我們沒有以自己的努力去重新發現世界，發現事物與事物的關係，人與事物的關係，人與人的關係，我們就沒有必要去製造一首詩。」所以要精進詩的創作技巧，應該要照應到：「大膽地變化，大膽地把字解散開來，又重新拼攏，重新凝固起來。」如此，才能更深刻體認天地事物之間的關係，重新釐定一個嶄新的世界，並且用自己的語言開創出一套思考與感情的秩序。馮至就是能夠把情感與思想放入安全秩序中的詩人，也為自己尋得一處意義的庇護所。

這首十四行如此用韻：「ㄢㄥㄢㄥ、ㄢㄥㄢㄥ、ㄡㄨㄨ、ㄡㄥㄥ」。其中夾雜了許多鼻音，讓看似曠達的生命情懷多了些抑鬱憂傷。即使是看得透、想得開，情緒也是帶了點灰暗的。詩人因戰亂避居昆明，在一九四一年寫作此詩。在不斷的回望中，或許也看見了未來吧。風吹水流，人生的事誰也難說。唯有站在某種高度俯視人生，才能發現記憶的一呼一吸，原來充滿了神祕。從前或許未知，而當下有了靜靜的明白，靜靜的喜悅。

前面的風景

斷章／無題一

卞之琳

斷章

你站在橋上看風景，
看風景人在樓上看你。
明月裝飾了你的窗子，
你裝飾了別人的夢。

無題一

三日前山中的一道小水，
掠過你一絲笑影而去的，
今朝你重見了，揉揉眼睛看
屋前屋後好一片春潮。

百轉千回都不跟你講，
水有愁，水自哀，水願意載你。
你的船呢？船呢？下樓去！
南村外一夜裡開齊了杏花。

颱風即將來襲，此刻卻是安安靜靜，天色陰暗，只覺一股悶熱。空氣非常潮溼，我站在陽台上看著街口的紅線上停滿了車，不斷流汗。很快就會下雨，暴風圈據說會籠罩整個臺灣。

回到屋裡，學生N在網路告訴我，他被甩了。一切就如我所預期的那樣。N今年從我任教的學校畢業，是一個非常善良且羞澀的男生。上課的時候，只要提到跟情感有關的話題，他很容易就低下頭來，好像極力要遮掩某種祕密。然而，他在感情裡又是極度狂熱的，近乎自失。所謂自失，大概就是那種忘了我是誰的狀態，更或者是全然的交出自我。每天最後一節課，N總是快速收整好隨身物品與書包，下課鐘響後向他所愛的那個女孩飛奔而去。我問過N，怎麼都不見對方來找你？一直都是你單向的付出嗎？他推了推鏡框，不說話。有一回不知怎麼的，我對N發出感歎，唉這樣的情感無法長久的。不是你倦了，就是對方煩了——或許就是升大學這個暑假的事。

為什麼？N一臉惶惑的問。我說自己也不知道為什麼啊。可能是高中畢業後生活場域變換的關係吧，彼此的相處模式也將受到考驗。

我在網路上告訴N，聚散有時，悲歡有時，暫且就相信這宿命。等颱風過去，再約一群人出來痛飲，好好洗刷胸中的鬱悶。電視反覆播送氣象快報，衛星雲圖上可以看見風暴自東而西節節進逼。這時我想起，住在台東、花蓮的那幾年，正是我生命中最好的年紀，吃多了不會胖，矯健地上山下海，遇見許多美好的人情與風景。幾次颱風要來之前，我登上頂樓看長浪，堤岸上激起澎湃的浪花。那幾年間，好幾場情感風暴令我毫無招架之力。我以為那是命運的外力使然，實際上卻是源於自己的心窩。不被理解的愛著，讓我重新觀察世界，將滿腔心事寄託在詩裡。我一直覺得，從高一開始便喜歡寫詩的我，從來不懂得什麼是詩。要等到住在花東的那段時日，才彷彿接觸到詩的形貌。

詩是曖昧，詩是迂迴曲折，詩是在可解與不可解之間的永恆辯證——可以說出口的永遠是那麼少，無法被理解的永遠是那麼多。關於箇中滋味，我認同卡勒《文學理論》中提到的：「通過辨別聲音的語氣，我們推測出說話人的心境和處境、他關心的事物，以及他的態度（有時這些會與我們對作者的了解巧合，但大多數情況下不會）。」我高中時嗜讀卞之琳的情詩，打從心裡喜歡，對於詩意的掌握卻從來說不分明。後來看到了一些資料，才發覺他詩外還有故事。我好想告訴N，卞之琳的痴迷是怎麼一回事。初讀卞氏詩作之際，經歷了好幾次沒有回應的苦戀。如今想起，那時讀詩同感之深，並不是沒有道理。

卞之琳（一九一〇——二〇〇〇），生於江蘇海門。一九三三年畢業於北大英文系，歷任四川大學、西南聯大、南開大學、北京大學教授。他求學時師事徐志摩，深受徐的賞識。〈斷章〉是他早年的名作，大部分解詩者多以哲理意蘊為分析重點，探討其中相對的概念，以及事物之間看似無關的相關。然而我比較喜歡的說法，出現在奚密的《現代漢詩》中：「〈斷章〉自具體意象出發，結束於抽象的意象。〈斷章〉中所有的名詞都是具體的事物（橋、風景、樓、明月、窗子），除了全詩的最後一個字：『夢』。第一節是白天，第二節是夜晚。至此，詩的主題呼之欲出，它應該是一首情詩，……正如明月無心『裝飾』人的風景，『你』也無意出現在他的夢中。所有的凝望與相思，只有他一個人知道。」這個「你」在看風景，與一個潛藏著的敘述者「我」，呈現了一種奇異的關聯。若非潛藏的「我」深切注視，「你」的存在姿態也就不會這麼凸顯。

一切的愛情大抵如此，只有當事人自己知道，旁人無法置喙。據張曼儀編輯整理，可以大略看見這苦戀的歷程：一九三三年卞之琳認識了來北大中文系讀書的張充和，深受吸引並展開追求。一九三六年十月，卞回老家辦完母親喪事，離鄉往蘇州探望張充和。一九三七年三月到五月間作〈無題〉詩五首，在杭州將系列詩作編成《裝飾集》，題獻給張充和。一九四三年寒假（已經與初識相距十年），前往重慶探訪張充和。卞之琳的《雕蟲紀歷》自序提到，一九三三年初秋起的三年多時間，他經歷「一般的兒女交往」，從彼此相通的一點到日後的重逢，使卞之琳做起好夢，他私下感受這方面的悲歡：「隱隱中我又在希望中預感到無望，預感到這還是不會開花結果。彷彿作為雪泥鴻爪，留個紀念，就寫了〈無題〉等這種詩。」這其中真是無題也無解，抗戰勝利後張充和與丈夫赴美定居，卞則留在大陸，後來娶了文懷沙的前妻。

我想，戀慕一個人到了極致，是要連他身邊一切事物都有戀慕的。《水：張家十姐弟的故事》裡頭，收了卞之琳的〈合璧記趣〉。這篇文章記道，一九五三年秋天，卞到江浙參加一項工作，有一晚留在蘇州，經由安排在張充和舊居借宿。卞夜半無聊翻了翻抽屜，發現幾首沈尹默替張充和圈改的詩稿，當下便取走收藏。

一直到一九八〇年，卞到美國，將整份詩稿還給張充和。張充和說她尚且留有沈尹默改詩時寫給她的信，這批詩稿卻遺失了。一封信、一批詩稿，經過三十多年的離散重又璧合，又是怎樣的因緣。

卞之琳用情至深，讓人不禁好奇，張充和究竟是怎樣的人物？金安平的《合肥四姊妹》提到，在一九六〇年代的美國漢學界，「充和學問淵博是出了名的，她對藝術、書法、中國戲曲史的見解無人不服，遇到考證校釋的問題，不論是要解讀畫上的題跋、斷定其年代，或解釋古詩中的典故、辨識十八世紀某奏摺上皇帝的手跡，大家也都來請她幫忙」。由此看來，卞之琳眼光確實不錯，可惜的是，愛情如果只是單向的交付，也就不足以成為愛情了。更讓人傷感的是，張充和其實一開始便拒絕了卞的追求，她晚年回憶卞之琳的獻詩，評價是「不夠深沉」、「愛賣弄」。卞可能怎麼也料想不到，滿腔衷情化成的詩句，在張充和眼中怎麼會是賣弄。無法得到對等回應的愛，的確是會教人無奈又難堪的。

卞之琳對於新詩的形式與技巧，有高度的創作自覺。〈無題〉五首就是最好的例子，每首詩分兩節，每節有四行，總計八句，音步整齊規律，意象婉約含蓄。與李商隱的〈無題〉相似，都在傾訴一種也許不被人知的感情。只不過，李商隱穠麗華美，卞之琳淡雅纖巧。〈無題一〉以水的意象貫串全詩，把自己的情感經驗與水結合起來。他從山中一道小水寫起，映照、記取了對方的笑影，後來小水竟成春潮。感情的波瀾不也如此，不知不覺的匯聚。情感的出口百轉千迴，到頭來卻是無法訴說。水的愁與哀其來有自，無非是自作多情，「願意」一詞便暗示了這樣的情緒。他熱切的等待對方的回應，所以問「你的船呢？船呢？」，只要下樓便可受水承載，看見一片美麗的風景：「南村外一夜裡開齊了杏花。」

歸根究柢，這無非是詩人單方面的想像。他那被別人裝飾的夢，未免做得太過美好。詩中作為擔負者、承載者的水，蓄積的能量越來越豐沛，感情卻是曲曲折折無法言說。詩人預想的南村風景，那一夜裡開齊了的杏花，終究是要落空的。即使是要落空，卞之琳還是用最純粹的語言形式保留了這一份熱情。不像他的老師徐志摩寫〈雪花的快樂〉那樣大膽又激切，他用含蓄的文字表明了心跡，完成了證明。

感情的事，來有時、去有時。愛一個人很久，該是多麼累的事。在卞之琳身上，我讀到了深情與承擔，永遠不問值得不值得的傻氣。可憐身是眼中人，一切不由自主。不知N是否也想知道，愛一個人一輩子是怎麼一回事。

一樣的月光

雙人床

余光中

讓戰爭在雙人床外進行
躺在你長長的斜坡上
聽流彈，像一把呼嘯的螢火
在你的，我的頭頂竄過
竄過我的鬍鬚和你的頭髮
讓政變和革命在四周吶喊
至少愛情在我們的一邊
至少破曉前我們很安全

當一切都不再可靠
靠在你彈性的斜坡上
今夜，即使會山崩或地震
最多跌進你低低的盆地
讓旗和銅號在高原上舉起
至少有六尺的韻律是我們
至少日出前你完全是我的
仍滑膩，仍柔軟，仍可以燙熟
一種純粹而精細的瘋狂
讓夜和死亡在黑的邊境
發動永恆第一千次圍城
惟我們循螺紋急降，天國在下
捲入你四肢美麗的漩渦

此刻月亮偏斜了，在高樓和高樓之間，無關乎生死愛憎，一瞬而永恆。在陽台上看見的月亮，倒影落在淡水河上，像一個不圓滿的句點，無奈地結束這個失眠的夜晚，方位偏南。我想，是夏天了，月亮才會輕輕以小圓弧的舞步，輕輕畫過半個天空，輕輕落向西南方天際的淡水河。月光下的觀音山只是一片巨大的暗影，貼在世界的角落，像是心上沉沉的憂鬱，像白日裡清晰又模糊的夜夢，像我第一〇一次想起的那個故事，還在等待有人把故事說完。

那是怎樣的故事呢？會不會是梓評說過的，那個關於清水燒的故事？從京都帶回來的杯子，和紙一般素面典雅的釉色上，點染幾顆滄桑之後風霜靜定的櫻桃，一只美麗的清水燒。看似脫然釋懷，卻在不得不然的遷徙之中，被生活隙縫裡無所不在的破壞給損傷。圓而闊的杯耳已然斷裂，再也不能安穩於握中，盛一杯茶，細細品嘗天光的變化了。

梓評因此脫口問了：生活裡還有多少這樣以為完好，其實早已損毀的片刻？看似無關緊要的小事，往往最能碰觸心中柔軟的角落。傷害無形無影，細心呵護，總是芳心一片，向春而盡。所得只餘沾衣的時刻，想要從理性的口袋裡翻撿出幾句自我寬慰的話語，卻發現袋底不知何時破了，袋中之物漏蝕盡淨。一眼望去，卻是誘人深入的黑洞。

一個黑洞，穿破人生最堅強的防線，在不知不覺之間，使人陷落至無法回頭的地方。

那人告訴我，在感情風暴來臨的時刻，他徘徊在樓頂一隅，用淚水洗去心中的黑暗。哭累了，終於還是回到床上睡了一覺，醒來後暗自慶幸，又過了一關。那時我正在聆聽馬勒的第九號交響曲。被生活的橫逆逼至絕境的馬勒，在澎湃的春潮之中，看見死亡龐大的暗影，化為無處不在的低沉鼓聲，敲擊孱弱的胸廓。我知道那是心悸，一種讓人幾乎要喘不過氣的感覺，如同邱妙津在馬庫色《愛欲與文明》裡面讀到的一句話：「愛欲所指的是性欲的量的擴張和質的提高。」她因而有了這樣的體會：

所以最後除了死或無條件臣服於你，永恆地隸屬於你之外，別無他法。……愛欲最後的規則就是如此，「性欲」——「愛欲」——「死欲」三者最強的時候是一致的。

——《蒙馬特遺書》

傷害他人也受他人傷害的邱妙津，像一只美麗的清水燒，在不知道什麼時候，已經破損到不堪使用，再也盛裝不了生活的本身。她終於選擇自我傷害，輕輕跌出桌角，跌成一地破碎的心。

如果時光可以倒回，回到變化開始的端點，一切都完整的那個時刻，堅強健壯，光滑而美麗，是否就能像詩人一樣，用無邊的愛欲，抵抗沉沉來襲的死亡？

〈雙人床〉是余光中在一九六六年的作品，與〈如果遠方有戰爭〉一樣，皆為越戰年代之中的反戰作品。但與其他反戰作品所不同的是，余光中一反道德勸說的方式，反而選擇用身體的欲望來對抗戰爭的荒謬與慘酷。在〈如果遠方有戰爭〉裡，詩人說：「……如果／我們在床上，他們在戰場／在鐵絲網上播種著和平／我應該惶恐，或是該慶幸／慶幸是做愛，不是肉搏」，用諷刺的語調，清楚表達了詩人的立場。

〈雙人床〉這首詩共二十一行，並沒有分段，看似一氣呵成的詩作，其實隱隱分成三節。在前八行裡，詩人首先創造了一個魔幻的情境：戰爭在雙人床外發生，而自己躺在情人的身上。但戰爭顯然發生在遠方，詩人只用一個「讓」字，便將戰爭的場景拉至身邊，既主動又被動；是主觀，也是客觀地參與這場戰爭。詩人說，政變和革命都無可懼，我們擁有愛情的支持與黑夜的掩護，因此是安全的。然而詩人連用兩句「至少」，蘊藏的其實是許多不確定與不安全的感受，更是一種深沉的恐懼感。

第九到第十七行，詩人放肆書寫身體與性的意象。他先前之所以將情人的身體比喻成斜坡，在這裡才有了說明，是為了「跌進你低低的盆地」。下兩句中的旗幟、銅號與六尺的韻律，更引起人無邊的遐想。然而詩人又用了兩句「至少」，再度喚起那樣深沉的恐懼，無論是對戰爭，或者是對死亡本身。此刻，對於生命的眷戀，遂成為對感官無上歡愉的追求。

最後四行是這個夜晚的餘響。關於死亡巨大而荒謬的感受，詩人用「第一千次圍城」來形容，但又是一個「讓」字，使得死亡的威脅遠遠遁離。至此，原本屬於死後世界的天國，轉而成為人間現實的存在，在情人的肉體中成真了。生打擊了死，幸福抵抗了恐懼，宛如一重漩渦，讓人不由自主捲入其中。既遺忘了戰爭，也排除了戰爭。

余光中曾說：「詩的節奏正是詩人的呼吸，直接與生命有關。」而「音調之高低，節奏之舒疾，句法之長短，語氣之正反順逆，這些，都是詩人必須常加試驗並且善為把握的。」在〈雙人床〉這首詩裡，余光中讓每一行保持在三個音節的平穩韻律中，但精妙處卻在字詞的四聲。這二十一行之中，只有七行末尾收在平聲，除第一行外，第七、八行切分了第一節，第十六、十七行切分了第二節。這四行的聲音安排，彷彿是戰爭陰影下的喘息，舒緩了緊張的氣氛。最後四行的句末用仄平仄平的聲調，展現了餘響震盪不盡的效果。尤其是「循螺紋急降，天國在下」，真有持續下降的感覺，配合最後「美麗的漩渦」，更讓人感受到美好與滿足。

然而這樣的作品，在那個台美友好的年代，基本上可說是異數。一九七七年，陳鼓應出版《這樣的「詩人」余光中》，用嚴厲的話語批判余光中。其中對於〈雙人床〉以及〈如果遠方有戰爭〉二詩大加撻伐，說余光中「生命中只有性」、「至於他為何一聞戰鼓，便急於上床，這種『創作動機』恐怕只有待於變態心理學家來給予分析了。」現在讀之，未免啞然失笑。但對於政治如何企圖指導文學，收編文學以為己用，我早已失去了追問的興趣。

讀余光中這首詩，彷彿是一種隱喻，我們擺盪在身體和戰爭之間，而真正的戰場卻在生活之中。不是國家與國家，而是行為、對話與心靈激烈的攻防，或迎或拒，無時或歇。當理解與寬容成為一種奢望，我只是想找到那個遺落的環節：究竟是從哪一刻開始，愛變成了傷害？

張惠菁說，變化的源頭，我們根本無從辨認：「關於這世間變幻不斷、未知難測的種種，我們屢屢試圖截住其中的一小段，尋找一種解釋。我們用敘述稀釋未知，中和它，使它變得彷彿能夠掌握。然後我們便指點著說：你看，從這裡開始變化了。」

所以，我們總習慣在掐頭去尾之後，給所有的故事最素樸的解釋。但那並不足以解釋一切，不是嗎？單純是危險的，我們在殘缺之中，在不完整之中，看不見事物真實存在的樣貌。只是我們無法不渴望單純，單純的愛人與被愛，付出與獲得……如同邱妙津不斷用眼淚敘述了她的真實感受：被愛，但感受不到愛，只有不斷地要——要，並質疑著這一切，直到對方從那痛苦中生出敵意與漠然，把人格中最負面的質素都推到了極端。然後，戰爭就來臨了。

或許世事都需要反證，而這次是真實的戰爭。在小說《傾城之戀》裡，張愛玲讓香港的陷落成全了白流蘇和范柳原，讓這一對自私的男女，在這動盪的砲火之中，找到那一剎那的諒解：那份「也許會有一點」的真心。不單純的世界裡，或許，也還有那麼一點可以相信的什麼，無關乎持續的變化，無關乎開始與結束，只有在這裡，在這個感受到它的當下，一切就真實了。

我想告訴那人，在小說裡，范柳原透過電話問白流蘇，窗中是否能看見月亮，因為他房間的窗被垂下的藤花給擋住了。而他最後終於跟隨自己的欲望，在流蘇的窗中看見月亮。那一望，有俗世男女真實的感受，因為願意走進去，終於能得到成全。

在此刻，透過那個黑洞，我又看見了月亮，憐憫地遍照這仍深陷在黑暗中的城市。而每一扇還在作夢的窗上，都映出了一個月亮，不圓滿的輪廓裡，有著真實又溫柔的光。

比所有的事物更遙遠

遙遠的催眠

商禽

懨懨的
　島上許正下著雨
　你的枕上晒著鹽
　鹽的窗外立著夜
　夜　夜會守著你
　守著泥土守著鹽
　守著你　守著樹

因為泥土守著樹
因為樹會守著你

因為樹會守著夜
鳥在林中守著樹
鳥在樹上守著星
星在夜中守著你

因為星會守著夜
雲在天上守著星
雲在星間守著風
風在夜中守著你

因為風會守著夜
草在地上守著風

草在風中守著露
露在夜中守著你

因為露會守著你
守著泥土守著樹
守著山巒守著霧
霧在夜中守著你

霧在夜中守著河
水在河中守著魚
守著山　守著岸
山在海邊守著你

山在夜中守著你
山在夜中守著海

守著沙灘守著浪
船在浪中守著你

守著海浪守著夜
守著沙灘守著你
守著河岸守著水
我在夜中守著你

守著山巒守著夜
守著泥土守著你
守著星，守著露
我在夜中守著你

守著樹林守著你
守著草叢守著夜

守著風　守著霧
我在夜中守著你

守著聲音守著夜
守著雀鳥守著你
守著戰爭守著死
我在夜中守著你

守著形象守著你
守著速度守著夜
守著陰影守著黑
我在夜中守著你

守著孤獨守著夜
守著距離守著你

我在夜中守著夜
我在夜中守著你

男孩H說要去見伊，為此忐忑了許久。

H一直迷惘著伊心裡到底怎麼想，同時暗忖兩人的關係，這次見面後又將怎麼發展。於是細心謀畫，選定伊的生日，要給她一個驚喜。又或者，會變成一項兩人都無以承受的難題。一切只為了，要把不敢說的說出口。這些未曾說出口的事，卻已經密密麻麻，變成字跡爬滿了日記。每天夜自習結束後，H仰望著暗黑的天空，盤算著與伊之間的距離。

原本不聽流行音樂的H，不知不覺哼起張懸的〈寶貝〉：「我的寶貝寶貝／給你一點甜甜／讓你今夜都好眠／我的小鬼小鬼／逗逗你的眉眼／讓你喜歡這世界／哇啦啦啦啦啦我的寶貝／倦的時候有個人陪／哎呀呀呀呀呀我的寶貝／要你知道你最美」，這兒歌式的唱法從嘴巴蹦出來的時候，H自己也嚇了一跳。怎麼回事？想要守護著那人的心願，倒是更加堅定了。國中畢業後，分別在男校、女校就讀，H反覆疑問著，對方會不會偶爾也想起自己。會不會，在課本的某一處也隨意塗上某個名字？會不會，在午夜醒來，莫名的想要拿起手機撥出一個熟悉的號碼？連上網路的時候，會不會，第一個找那相識已經六年的暱稱？

除了想念的時候，H的心念是專一的。認真的聽課，記下地理課本的每一座山每一條河。記下歷史人物與時間，人類對經驗與回憶的處理。熟悉那些符號橫行的方程式，可解與不可解之間，終要有個定論……入秋以後，天黑得非常快。校園裡最後一記鐘響沒多久後，天色就完全昏暗了。溫暖的夕色，條忽轉為蒼涼。白千層的樹皮在風中輕輕震動，樹葉紛紛飛落。

為了這件事，H告訴我今天不留校自習了。他的眼神忽而炯炯，忽而黯淡。H徵詢我的意見，這是他人生中第一次做出重大的決定。決定了嗎？他點點頭說是。我說，那就不要怕了，也不要躲了。心裡的聲音說什麼，聽它的就是了。H打算先去買禮物，用漂亮的袋子裝好，再把卡片放進去，親自交給伊。我微笑的說，珍惜這種心會微微顫動的時候啊。像我這樣感情已是千瘡百孔的人，再也回不到這種美好的狀態了。人世的波折最容易使得感官鈍眊，愛與不愛也摻混了許多雜質。

我且不忘告訴H，「放慢你的腳步，延緩向她飛奔的速度。」我們處於時間之中，卻鮮少真實體觸時間的流速。H雖然無法朝夕相伴在伊身邊，但是他時時懸念著的，就是這單純的愛的信仰了。我繼續叮嚀，還有還有，「記得你此去，沿路看到的風景。」

此去看到的風景有哪些？記憶會自動擷取那些光影、建築物的高低抑揚如音符、道路上的車燈把暮色點亮，又或是迎面而來的種種表情、各種顏色招牌所散發的氣味……然後，寫下這一些。記得這一些，往後才有憑藉可以惦念不已。外在於自己的一切，唯有在如此時刻，與自己的心切切相關。

我回想起自己的高中歲月，最敏感的心裝在最敏感的身體裡。沒有人可以理解的祕密，都被我藏在詩裡。我將詩集摺頁或夾上書籤，借給偷偷愛著的人。當對方閱讀到此處，書籤掉落或摺角被風吹動，祕密就用另一種姿態洩露出來了。說的人沒有罪，聽的人也不必有太大負擔。所以我好擔心 H，當著面要答案，的確是好危險的事。不過，即使要不到答案也無所謂啊，能夠這麼相遇就已經非常難得。我拿一本限量筆記本給H，要他轉送給伊，說這是我對H誠心誠意的擔保。在H的告白過程中，若是需要，我願意當保人。

在漸漸冷涼的風中，H跟我揮揮手，朝著燈火輝煌的憧憬走去。遙遙目送，卻也彷彿看見自己當年的青春。看著他人的背影，終於明白了自己。我心中有一些句子冒了出來，頓覺自己被世界祝福，擁抱。

那是商禽〈遙遠的催眠〉裡的句子，讀之不能或忘。

商禽在台北故事館朗誦這首〈遙遠的催眠〉時，邀請聽眾呼應他的聲音，輕輕唸誦每一節最後的「守著你」。許多陌生的聲音，溫柔織就一張綿密的網，網住天地間最難以啟齒的心事。那場景既公開又私密，過去的事在聲音的網中被收攏了。我們因此可以更加確定，這不是一首母親的搖籃曲，也不是寫給朋友的信函。這是暗中的戀慕，所以只能這麼曲折的說出口。商禽說當年喜歡一個女孩，想寫這麼一首溫柔的詩。於是他從春天寫到秋天的末尾，排比出不可說的祕密。用文字安慰自己的商禽或許沒想到，這首詩也成為許多脆弱心靈的慰藉。

商禽，本名羅顯烆，又名羅燕、羅硯。筆名有羅馬、夏離、壬癸等。一九三〇年生於四川珙縣。十六歲從軍，流徙中國西南各省期間，蒐集民謠、寫作新詩。來台後曾做過碼頭工人、園丁、牛肉麵販、編輯。早年參加紀弦發起之現代派，並加入創世紀詩社，亦曾應邀赴美參加愛荷華大學國際創作計畫。他以散文詩形式創新中文現代詩的寫法，更以超現實想像凸顯了現代人荒謬的生存處境。他詩中「逃亡者」或「囚犯」的形象，也許就是他孤獨心靈的寫照。不過，我最喜歡的還是這一首〈遙遠的催眠〉，其中寧靜又溫柔的腔調，對世界有綿延不絕的善意。

在這首詩中，就意象使用而言，詩人呈現大量的自然景物：雨、鹽、夜、泥土、樹、鳥、林、星、雲、風、草、露、山巒、霧、河、水、魚、山、岸、海、沙灘、浪、船、雀鳥。世間的萬事萬物，在他筆下似乎都安靜入睡，重新找到秩序。一切都和諧美好的時候，卻又牽扯出一系列低沉悲觀——戰爭、死亡、陰影、距離、孤獨，令人讀來不安。黑暗的情緒在詩行中等速前進，與前述的自然意象似乎相悖，然而語言就是商禽的武器。藉著喃喃訴說，他完成了精神家園的守候，也完成了愛的守候。我應該沒有錯記，十多年前曾有房地產業者，使用這首詩刊了全版廣告。理想的家屋，給了我們無言的守候。一首詩之所以能成為心靈庇護所，關鍵在於詩人如何用愛建築。

在商禽的詩歌實驗裡，我終於相信，形式就是內容。或者說，形式也是內容的一部分。〈遙遠的催眠〉總共十四節，除第一節起頭多了一行「慵慵的」，其餘十五節均為四行，每行含空格有七字。題目中的「催眠」，正是商禽匠心獨運之處。句式的複沓有如不斷推進的浪潮，一波又一波拍打著耳膜，造成聽覺上的舒服。而遙遠一詞更顯示彼與我的距離，敘述者想要親密言說卻有隔閡。「慵慵的」一句慵懶至極，帶有一點我為你而病的味道，而那心中思慕的人正是醫治自己的藥。懸想遠方，下著雨、晒著鹽的意象，暗示睡前的哭泣。所以詩人召喚自然物象，為自己守著伊人。

這首詩最重要的聲音結構來自於句型的重複，最重要的意義也來自於某些字詞不斷的重複。「守著……守著……」、「因為……曾守著……」、「……在……守著……」三個句式反覆交錯，似無規則的相互呼喚，讓固定的章句結構有了靈動之氣，絲毫不見呆滯。十四節寫來，自是一氣呵成。商禽不過是藉著抽換詞面，規律中於是產生了變化。而最後的六節，均以「我在夜中守著你」收尾，又讓聲音結構回到規律。變化與規律之中，我讀到了一顆虔敬的心。因為這些語言符號對我們而言，比所有的事物更遙遠，卻也比所有的事物更貼近真實本身。語言正是我們的居所，在此又得到了印證。里爾克《給青年詩人的信》說，要追尋那些日常生活中的詩意，「以愛、平靜、謙恭的誠意，並且使用你周圍的事物、你夢寐的意象，以及你意念中的物像來表達」。所有令人感動的詩，莫不如此。

那麼虔敬的愛意，或有一天終將煙消雲散。只是我從不懷疑，瞬間亦可成永恆。曾經發生過的一切，最好有語言文字可以將之收存。即便愛情成了餘燼死灰，仍可像聶魯達那樣，吟唱著〈絕望的歌〉：「你吞噬一切，如同距離。／如同海洋，如同時間。所有的事物在你身上沉沒！」

但我要說，不管所有的事物有多遙遠、將如何沉沒，永遠不會是虛無的。

因為已經愛過了。

承認並安於生活

瘂弦

深淵

而我們為去年的燈蛾立碑。我們活著。
我們用鐵絲網煮熟麥子。我們活著。
穿過廣告牌悲哀的韻律，穿過水門汀骯髒的陰影，
穿過從肋骨的牢獄中釋放的靈魂，
哈里路亞！我們活著。走路、咳嗽、辯論，
厚著臉皮佔地球的一部分。
沒有什麼現在正在死去，
今天的雲抄襲昨天的雲。

一九九二年夏天，我從高一升高二的暑期輔導課中脫逃，帶著簡便的行囊到台北參加教育部文藝營。在那主要靠著郵件、電話聯絡，網路世界尚未誕生的年代，文藝營幾乎是一場六年級生的文學啟蒙儀式，讓我們得以脫離日常，跟一群擁有共同志趣的人聚在一起。整整十天，我們在台灣師大的研習大樓裡一起生活、上課，日以繼夜，積極熱切地交談、書寫。如果沒有這個營隊，我們只能散落在島嶼的各個角落，各自孤單且艱困地尋找文學的道路。來到這裡，除了證明自己並不孤單，還感受到長輩們的溫暖。那些原本距離遙遠的作家，出現在我們眼前，近距離地傳授創作心法，並且告訴我們要好好寫下去。瘂弦老師就是其中一位。

新詩課堂上，瘂弦老師講卞之琳、何其芳，然後說自己停筆多年，已經好久沒有寫詩了。似乎還提到了郊寒島瘦，古人苦吟成詩的景象如此鮮明：「兩句三年得，一吟雙淚流。」接著，一派悠哉地看看自己的肚子說：「**肥胖是詩人的恥辱**。」於是我也看看自己的肚子，疑惑著：肥胖就不能寫詩了嗎？

（如今，「他們在島嶼寫作Ⅱ」中的瘂弦紀錄片《如歌的行板》，有瘂弦與他同代詩人的青春裸體留影。好瘦，也好詩。）

高中時期，我是臃腫的，臉上冒著青春痘，體重七十六公斤。可能是喝了太多私家調製的轉骨湯，補過頭了，身材沒有抽長反而橫向發展，成了一個小胖子。說也奇怪，文藝營裡的伙伴們真是以清瘦嶙峋的居多。聽了瘂弦這套詩與肥胖的講法之後，我持續地發胖，持續寫著自以為是的爛詩。那年秋天，無可救藥地寫詩，在雄中圖書館讀完洪範書店出版的所有詩集。一直要到高中畢業升大學的夏天，才終於減掉二十公斤體重。沒有規律也沒有紀律地寫詩，關於詩的創造、詩的意義，想得太少，純粹是「從感覺出發」（瘂弦詩作篇名）。

詩與身體，節制跟鍛鍊，於是成為一輩子的功課。我的減肥大業，周而復始，胖了之後就努力變瘦，瘦了之後無可避免地再度發胖。昔日參加文藝營的友伴，大多已經不寫作了，且有中年發福的跡象。

（看完紀錄片之後，我不再去想：寫詩的瘂弦跟不寫詩的瘂弦有什麼不同？寫詩的快樂跟不寫詩的快樂是不是有相同的道理？這一切機緣變化，或許都跟生活的狀態有關。瘂弦曾引用W. H. 奧登的話語：「對我來說，活著常常就是想著。」大概藏有他對生活狀態的回應吧。）

時間過去，文藝營裡遇到的瘂弦跟紀錄片中的瘂弦，一貫維持著暖男的幽默。有他在的場合，總是可以讓人安心的。不管是現實生活或詩歌，幽默是一款高難度的藝術，表達形式若是失準，很容易流於刻薄或輕浮、下流。幽默而溫暖，更是難上加難。那其中，有情感與理性的均衡，以及對人性的領悟與寬諒。

此外，瘂弦總能將悲傷化為溫柔的詩句，坦然面對生命中的不舒服。他不放棄呼告，不排除呼告，在呼告中完成詩的情緒與音樂性。從感覺出發，但不止於傾訴感覺。從作品中可以發現，詩人往往苦於沉思，為了完成一首詩耗盡心神，在時間中等待感覺的凝聚、思想的昇華，竭力捕捉形象與聲音，刪除多餘的枝節。語字的使用者，通常基於實用的溝通，挑揀最便捷有效的語法句型來用。而詩人總在實用的規則基礎上，進行最神祕的創造，讓筆下的語字自成體系，各安其位，讓不可知的力量彰顯出來。

我尤其鍾情於瘂弦的贈答之作，或許是因為這些詩都有一個明確的訴說對象，情感的往復流動於是格外真摯，唸起來也特別好聽。

一九六七年，楊牧〈瘂弦的深淵〉提到：「瘂弦的詩甚至成為一種風尚，抄襲模仿的不乏其人，把創造者逼得走投無路。但那時期我們不知道為甚麼好像都處在一種過渡的虛空狀態下，也有一種懊惱，憤懣，和矛盾。」楊牧說瘂弦的作品裡，有文學的真，充滿了親切的話語。我猜想，或許就是這份親切，讓作品可以跨越時空跟不同世代的讀者溝通。再者，瘂弦詩裡面探索的，也一直是人類的共同命題。因為人就是這麼活著、在著的，每個人無可迴避的問題也就只有那麼幾種。正因如此，瘂弦的詩持續產生影響。我們在這樣的詩裡看世界，跟這個世界交換眼神、淚水與微笑。

走向天地的時候

寂寞的人坐著看花

鄭愁予

山巔之月
矜持坐姿
擁懷天地的人
有簡單的寂寞
而今夜又是
花月滿眼

從太魯閣的風檐
展角看去
　雪花合歡在稜線
花蓮立霧于溪口

谷圈雲壤如初耕的園圃
坐看峰巒盡是花
則整列的中央山脈
是粗枝大葉的

一

如果從生命的最高處向下望，會看見什麼樣的風景？

會是「一片白茫茫，大地真乾淨」那樣，再無足跡可尋？還是層巒疊嶂，密林廣被，無盡迂迴的曲折小路延展至天際，像是一路走來怎麼都難以對自己交代的人生？

每次電影台重播《一路玩到掛》，我總是忍不住放下手邊的工作，坐下來看了一遍又一遍。電影裡只有好萊塢兩個超級老戲精相互飆戲，鬥演技也鬥魅力，整部戲火花四射，幾乎沒有冷場。摩根・費里曼和傑克・尼柯遜所扮演的老修車工和醫療集團大亨，身分迥異、貧富懸殊，卻同樣身處癌症末期，命不久長。他們共同經歷了人生的斷滅，化敵為友，決心拋開一切，去進行人生最後的一段旅行，將一路玩到生命的盡頭。

老修車工有一個夢想，夢想登上珠穆朗瑪峰，親眼見證世界最壯觀偉大的風景。然而這個夢想在他有生之年始終無法實現，惡劣的天候將會延續到隔年，長於他僅剩的人生光陰。即使在電影的最後，這個心願由好友代為完成，將他的骨灰帶到山頂之上，人生向外探射的某種追索，畢竟已經失落了，只是一種無謂的徒勞。對此，我無法不覺得感慨深重。

所以，像是為了彌補心裡的空洞似的，每當電影台重播《一路玩到掛》，我就忍不住又坐下來，看了一遍，又一遍。

二

像是電影裡兩個老傢伙玩高空跳傘那樣，我的確也有過從飛機上往下跳的經驗。

因為是傘兵的緣故，當兵時的訓練加上演習，我一共跳過六次傘。

我清楚記得躍出機門的那一刻，原本轟然作響的引擎聲音忽然間消失了，只剩下颯颯的風颳著我的形軀，整個人彷彿被拋擲到世界之外。身前身後十朵綠色傘花分成兩排，飄飄然向大地落下，像是一個無聲的夢自開自落，原本的執著隨著意識散逸盡淨，還原成全然的虛無。

其實每次躍出機門，心中都很平靜，沒有任何恐懼。真的害怕起來，卻是在事後，像是某種後見之明，後知後覺的遲鈍。平安了許久，但最後一次跳傘卻有這樣的事情發生：同連有個學弟姓許，是清大的碩士，他從飛機上跳下來時主傘沒開，眼見直直墜落就要撞擊地面，危急中副傘開了，人平安落地，一點傷也沒有。事後他告訴我們，在那極短暫的屬於自由落體的時間裡，他並沒有特別驚恐，只是下意識的照著教官平常的指示拉開了副傘。落地之後只覺得雙腿軟軟的，使不出力氣，就這樣躺在草叢裡面好一陣子，然後才能慢慢手腳並用的爬起。至於死這個字，自頭至尾都沒出現過。

然而面對死亡，不都應該是要恐懼的嗎？

關於這種狀態，余德慧在《生死學十四講》裡面，說了一個故事。加拿大有個社會學教授亞瑟・法蘭克（Auther Frank）罹患癌症，由於病痛的折磨使他往往不能入睡，每天晚上都有如孤魂野鬼，在自家的樓梯上上下下來回走著。有一次，他在樓梯的轉折處停了下來，看見窗外流洩的月光，美麗而寧靜的景象使他大為驚訝。他於是坐下來欣賞，不知不覺之間，身體的疼痛減輕了。余德慧說，那是因為「自我」慢慢的消滅了，對於世界的觀點也改變了：「你失掉的是世界，得到的是存在。」

在「存在」裡面沒有恐懼，只有超然。生與死泯除了界線，人慢慢回歸到真實的世界裡去，成為天地大化循環中的一分子。或許，那就是佛家講的「解脫」，道家說的「得道」？

於是乎，也就跟天地之大美同在了。

面對天地之大美，我們往往無來由地被感動，甚至發出讚歎。蔣勳說，那是因為我們在那一剎那看到自己生命的狀態，看到了我們自己的生命活過、努力地活出自己的極致，所留下來的許多痕跡。所以，很多人在那樣的時刻無言以對，熱淚盈眶，是因為他們忽然看到了自己生命一些最本質的部分。

那麼，從生命的最高處向下看，所看見的風景，無非就是自己這一路走來，最曲折而完整的心路歷程？

在那樣的時刻，眼中所見的風景，其實，也就是自己存在的倒影了吧？

三

當我讀到鄭愁予〈寂寞的人坐著看花〉，我所想到的，也就是前面所敘述的一切。

鄭愁予，原名鄭文韜。他幼年曾隨父轉戰馳徙於大江南北，因而遍歷山川文物，在詩心作用之下，乃成為跌宕婉轉之詩篇。其作品之語言意象和人格的風流蘊藉，影響了台灣三十年來的現代詩壇，融古典於現代，廣大深遠，無所不及。

這篇〈寂寞的人坐著看花〉，收錄於一九九三年出版的同名詩集之中，是鄭愁予作品風格轉向的標誌。詩集出版後引起廣大的迴響，詩人焦桐便這麼評論：「這部詩集所建構的山水景觀，帶著一定的哲學高度，從借景、融景、變景到入景，乍看有點危疑險奇的布局，忽如山路轉彎，豁然開朗。」

超越生死，解脫得道，回歸自然，書山寫水，這其實正是鄭愁予近年來詩作風格轉向的關鍵。

在二〇〇六年三月香港中文大學的講座上，鄭愁予對此作出了解釋。他說漢語抒情詩歌有三大範疇，分別是抒發情懷、抒發情思和抒發情趣。但在此三者之外，還有一種深潛在詩人靈魂中的情緒，不屬於這三種分類，卻有時能擊中詩人靈竅最深點，激發出使詩人自我感動最強烈的詩素。它「欣欣然對萬物有情，卻渾噩噩並無所屬」，又歸入無情狀態，非常接近道家對「自然」一詞的賦義。鄭愁予把它稱之為「情滅」。

因為情滅，人得以解脫生死，復返自然。對於鄭愁予來講，那正是他回歸山水書寫的重要契機：

> 山水有其抽象性，其與人性中的真實面，恰是正反之合，形成涵泳天機的象徵體。然而也是「正反的矛盾」，山水本身即是時間與空間的消長，使人產生愛與懼以及無可奈何的悵惘，「擁懷天地的人有簡單的寂寞」，當人類洞曉其在生存中鬥爭的境況，簡單的寂寞不就是死亡的領悟？那麼所有的界說在移情之外，如何能得脫得出這山水詮釋？
>
> ——《寂寞的人坐著看花．後記》

鄭愁予說，寂寞乃是佛家理念，因為短暫的人間生命即將逝去，但人們卻突然從時間的管道中窺見道家的「自然」。原來自然就是時間的假託名詞，我們終生辜負了時間，仍將撒手而去……

四

〈寂寞的人坐著看花〉全詩共十四行，分成四節，語言簡單自然又不失修飾，平淡之中可見真實，更上升至一種哲學的高度。前兩節各兩行，以警語的方式書寫景語。在第一節中，詩人看見月亮升於山巔，猶如矜持地坐著。看似寫月，其實是書寫自己。在望見月姿之當下，詩人的心眼已經脫離自身，跟著月亮一同上升到山巔，那是一種超越自我而與自然同在的狀態，而「矜持」二字則暗示著一種莊重、敬重的心理。視萬物以莊以敬，才能在「理所當然」之中，看出一些不那麼理所當然的，屬於詩性的真實。

於是在第二節裡，詩人緊接著描繪自己的心理。此人既「擁懷天地」，其寂寞也是無比簡單的了。什麼是簡單？簡單，對應的是人間的複雜。人間因為種種算計，種種對「生」的執著，如海德格所說，本然的就處於某種「操煩」的狀態之中。但當我們超越了這一切，真真正正進到自然之中，與自然同在，那麼人生當然也就再簡單也不過了。只是那的確是寂寞的：「便有千種風情，更與何人說？」

然而海德格不也說了，只有詩人能夠溝通天地神人，讓一切被遮蔽的顯露自身。所以鄭愁予在那樣的高度上，告訴我們他的「心覺」所認知、領悟的感受，乃是滿眼的花與月。月亮是他所在的位置和高度，但花是什麼？鄭愁予在這裡用了地名的雙關。雪花「合歡」，當然是一種「生之歡悅」的狀態，是詩人心中感受到的，自然活潑的生機；而花蓮「立霧」，在雲霧之中掩映著的，豈不也是花蓮這塊淨土的生機燦爛？

因為是「生」，是活活潑潑的生命，所以谷如圈雲如壞，一切真實活著的，都在其中生長茁壯，甚至是更巨大的山如中央山脈者，也是另外一種生命。從高空望去，它不僅僅姿態開展如同葉脈，其內裡所蘊含著的生機，當然也如樹木一般「粗枝大葉」。什麼是粗？什麼是大？因為選擇不再計較，不再用心機智謀去衡量人間一切事物，生命才上升到另外一種形式的完整。那是一種更巨大的存在，與自然同在，與天地同在。

所以，不僅僅是活著，在看花的同時，也就在著了。

五

二〇一〇年北區第三次指考模擬考的作文題目是「我為什麼在這裡」，我的學生S一起筆，便談論活著與存在著的問題。在文章的最後，他說：

我會在這裡，必定是生命裡隱隱的含有再美好不過的歡悅。

他說得真好，不是嗎？超脫了生命，還是必須回歸到生命；離開了天地，最終還得回到天地。走向天地的時候，我們超脫了自己，又證成了自己。這其中的道理，我們早就懂得了。

我在……

人體搬運法

隱地

用汽車
用火車
用輪船
用飛機

從甲地搬到乙地
乙地搬到丙地丁地……
最後又搬回甲地

搬運人體的運動
人們稱為旅行

直著搬
橫著搬
躺著搬
趴著搬

搬到野外種玫瑰花的地方
搬到十七層樓開刀中心進行手術
搬在另一個人身上
讓他自己走

坐在輪椅上的
可以推他

揹在背上的
可以上樓
抱在心裡的
可以上床
擁著的
就跳舞吧

每天每天，我搬動著自己的身體與靈魂。從此到彼，或是從彼到此。偶爾搬動著他人，偶爾也被他人搬動，這之中便有許許多多關於存在的感受，值得記憶與訴說。

長久以來，不同的交通工具影響著我的視野，主宰了我認識世界的速度。移動的狀態不同，感官知覺就有了差別。國中時期越區就讀，花好多時間在等公車、坐公車。夜間補習完回家的路上，我總是不願意面對自己那怕生又疲憊的心靈，在公車上恍神、昏睡，因此常常坐過站。過站之後，到馬路對面等回返的公車，心情總是沮喪。尤其夜色迷離的雨夜，我隻身佇立於無話可說的昏燈下，更添蒼茫之感。潮溼的世界上，我就這麼站著。沉重的綠色書包裡，裝滿了青春期的迷惘，以及過於空幻的理想。我很懷疑自己到底是誰，為什麼一定要如此惶然的活著？人生有沒有其他的路，有沒有不同的走法？

我可以自由的移動身體，可是教育體制讓我不自由。那時想著，如果可以，我要去很遠很遠的地方，拒絕這種牢籠似的生活，以及永無止盡的考試折磨。五點半起床，對鏡刷牙漱洗完畢，接著拎起書包衝向公車站牌。這就是日常，是我生活中不可避免的無聊和煩憂，沒有意外的話，我不會有時間好好的看清鏡中的自己，也不會知道這個世界有多大。七點十分到校以後，就進入一種重複的程序中，我寫完一張又一張的考卷，填上一格又一格的成績。每個下課十分鐘切割了我的活動狀態，限制了我對時間的想像。

或許那時，我的任何想像都是多餘的。

即使在國中三年級秋天，我們終於出發去畢業旅行了，我仍然無法從現實的惡夢中脫困。因為學業成績的競逐，被劃分在前段班的我們，與中後段班的同學分據了兩個不同的世界。大人們頻頻為了股市點數操煩的同時，青春期的我們一樣不得閒，用各種數據綑綁自己。平時考交換改考卷的時候，我自以為公正無私，以最嚴苛的標準挑剔同學的卷子。一勾一勒稍有誤差，就會被我畫個大叉。加上我的苦悶無從宣洩便習慣牙尖嘴利的對付同學，人際關係因此嚴重跌停。我真實的面對著荒蕪虛假，像海德格說的那樣，意識到了自己存在的焦慮不安。尋求著解救之道的我，很殘酷的發現，那解救其實只是想像而已。

旅行中最慘的一天我記得，遊覽車從桃園開到了台中自然科學博物館。我在場館中鑽來鑽去，無心探索館中的自然科學奧祕。前一天晚上為了細故，我與同班同學失和了。只好冷面以對，與他們保持距離，想像自己是在享受孤獨。科學博物館中人聲鼎沸，我與許多人擦身，然而自己的每一個腳步都好清冷。當我驚覺人群漸散，大叫一聲糟糕，那一刻我真是孤伶伶的了。館員告訴我，遊覽車已經出發，在開往九族文化村的路上了。後來發現有一部別班的車子還在等人上車，那個班的導師便收留了我，同時幫我聯繫自己原班的車輛，約在九族文化村的餐廳會合的路途中我一再地想，沒有任何理由恨他們，我是自願被遺棄的。

一切都是自找的。

在九族文化村與同班同學會合後，我當作什麼都沒發生，跟他們說「抱歉記錯集合時間了」。我完整的經歷了，所謂的孤獨。我的身體與這個世界，無時無刻不在變化。我相信，天蠍座的人注定是要驕傲又孤絕的。依稀記得，那幾年之間，島上經濟水準大幅提升，出版業也是一片繁花盛開。媒體上以及書肆中，命理占星話題開始蔚為風潮。好些星座書告訴我年度運勢如何，性格與命運又是如何。受到這些資訊暗示，我似乎變得心機深沉了。一直到現在，我還是對群體活動充滿畏懼。在人與人的關係中，常常要面對令自己不自在的應對進退。話不能多說，更不能少說，當然也不能不說。人體搬運的困難，由此可見一斑。

但何其容易的，我從過去把自己搬運到了當下。我眼前好多孤獨的青年，在面對自己情緒的時候，感覺到自我與他人的區隔。G跟我說，最在意的高中同學就是K了。畢業典禮的前一個月，K突然不理他了。即使傳了簡訊去問候，K一直漠然以對。G好傷懷的寫下自己的心情，把自己教室的座位搬遷到另一個角落。G甚至曾幫K介紹女朋友的啊。我看著他們，友情的親近與疏離，不由得想到自己。一起跟我做過夢的人，現在都在何方呀？他們還會記得那單純的心願嗎？他們會在乎曾經存在過的美好嗎？

從青春期以來，一路看見的風景就是這樣了吧。因為曖昧模糊，更值得在記憶中殷殷追問。

王盛弘在《十三座城市》裡書寫旅行體驗，我很喜歡那一派隨意：腳踩舊舊的帆布鞋，穿著牛仔褲、T恤，自在遊走於不同的國境，用身體感官去知覺並且記憶陌生的風景。盛弘去過的一些地方，我也曾經到訪。我們如此搬動人生，人生回應我們最溫暖的風景。只是與我一同遊歷遠方的人，如今不一定在我身旁。而人的一生，能與某些心所鍾愛的人一起活著，就是莫大的福分。相遇的時刻，背後有諸多因緣故事，而我終究不能當下就明白。

因為一篇書寫情色與死亡的得獎作品發表在〈人間副刊〉，二〇〇七年初隱地老師來信問我，是否可以將系列散文集交與他出版。受寵若驚的我，從南海路招計程車移動到廈門街，揿了爾雅出版社的門鈴……那時將純情與色欲合為一秩，才有了一本《燦爛時光》。我也以最虔敬的心情，重新面對我既往熟讀的隱地。在斜斜的夕暉裡長談，我總覺得，隱地老師的眼睛是可以看透生命的。

隱地（本名柯青華，一九三七——）五十六歲才開始寫詩，出手不凡備受矚目，短短幾年間有好幾本詩集問世，更因此成為二〇〇〇年度詩獎得主。可見寫詩不是年輕人的專利，也不一定要青春早慧，累積了足夠的人生體驗之後，感受與思考或許更勝一籌。我認為，隱地寫詩純粹是出自一種最直覺的體會。他不故弄玄虛，不刻意鍛鍊險句怪字，更不會以故作朦朧晦澀來自我標榜。所以他的作品中，總是能夠與讀者深度溝通。他的可貴之處，便在於修辭立其誠，讓情感與思想自然傾洩。他的詩裡，充盈著簡易與變易，更指向了永恆與不易。

在〈人體搬運法〉這首詩中，隱地寫出了人的一生，一生中的實存景象。不就是這樣嗎？——為著種種理由，又或者不需要理由，人把自己的身體搬來搬去。歷經了生老病死，看盡了繁華與衰落，主動、被動之間當然不一樣。人的七情六欲、生死流轉，在隱地詩句中如此澄淨：「坐在輪椅上的／可以推他／揹在背上的／可以上樓／抱在心裡的／可以上床／擁著的／就跳舞吧」，這其中確是豁然開朗了，一派的超脫達觀。他用最簡單的音節、最簡單的詞彙架構起一個現實人生場景，描摹存在的無奈與必然。生老病死，是那麼理所當然，卻又最是令人無法正視。

回到人的自身，我疑惑著，一生中搬運不定，飄飄何所似？我很羨慕隱地老師，在廈門街定靜的一隅，從事他熱愛的出版與寫作。他每天像候鳥一樣，從家中出發來到市廛，寫自己喜歡寫的文字，出自己看中意的書。我對著同輩之人笑稱，因為是做爽的，才有了自在。可隱地又不只是做爽的而已。陳義芝在《2009臺灣詩選》序文中提到：「年度詩選的編輯始於一九八二，創始功臣是爾雅出版社創辦人隱地，他主持年度詩選十年。那時他自己並不寫詩，純粹是為嘉惠讀者、鼓舞作者，並為臺灣詩的變遷留下珍貴文獻。」隱地為台灣文學所做的一切，已經不言自明了。

某回天色昏黑，我走進廈門街的時候，突然想起青春期那個孤寂的自我。因為詩，發現了內心最真誠的聲音，不斷的對世界說著：我在……

夢中潮聲侵岸

瓶中稿

楊牧

這時日落的方向是西
越過眼前的柏樹。潮水
此岸。但知每一片波浪
都從花蓮開始——那時
也曾驚問過遠方
不知有沒有一個海岸？
如今那彼岸此岸，惟有

飄零的星光

如今也惟有一片星光
照我疲倦的傷感
細問洶湧而來的波浪
可懷念花蓮的沙灘？

不知道一片海浪喧嘩
向花蓮的沙灘——迴流以後
也要經過十個夏天才趕到此？
想必也是一時介入的決心
翻身剎那就已成型，忽然
是同樣一片波浪來了
寧靜地溢向這無人的海岸

如果我靜坐聽潮
觀察每一片波浪的形狀
並為自己的未來寫生
像左手邊這一片小的
莫非是蜉生的魚苗？
像那一片姿態適中的
大概是海草，像遠處
那一片大的，也許是飛魚
奔火於夏天的夜晚

不知道一片波浪
湧向無人的此岸，這時
我應該決定做甚麼最好？
也許還是做他波浪
忽然翻身，一時迴流

介入寧靜的海
溢上花蓮的
沙灘

然則，當我涉足入海
輕微的質量不減，水位漲高
彼岸的沙灘當更濕了一截
當我繼續前行，甚至淹沒於
無人的此岸七尺以西
不知道六月的花蓮啊花蓮
是否又謠傳海嘯？

莫名想起一些小事，人物、場景、情節，鉅細靡遺的，常常也就這樣錯漏而過。非得要苦苦尋思，從那些細節中抽繹出更多的線索，交織拼湊，才能明白思緒的前因後果，不過也就是另一些更微小的現實，在生命中起了作用，藉由記憶呼召自己的來處，想證明一切並非無因自生。那時也就懂得了，偶爾，懂得自己為何而來，又是怎麼走到此刻這個特定的時空，成為這樣的一種存在。

譬如我清楚記得日光晴好的那天，金色的波紋在花蓮港外的海面上粼粼游移。海風時起時靜，青春初夏躁動不安，教室外卻傳來人聲嘈嘈。一群人說說笑笑，從我們高三教室外走過，校長主任前簇後擁，中間一名灰髮男子，不時點頭說上幾句話，但多半在聽，神情沉靜安詳。他們說，那是我們學校畢業的老學長王靖獻，特地回來母校重溫校園景物。他們多半不知道那是誰，但我認得那個名字，以及他最為人所熟悉的筆名。

偶然如何成為必然？往前追溯，也還是一些微不足道的小事，左推右引，引導生命前行，在無人曠野中踏出一條路來，回頭看的時候就說，唉，一切都是命定罷了。彷彿如此，彷彿也未必。升高三的暑假，暑期輔導還未開課，讀書之外，日長無事。那時還沒有公共電視頻道，老三台只在固定的時段，也就是週一至週五晚上的九點，播出半小時公視製作的節目。我記得那是星期四，夏夜燠熱，百無聊賴，遂隨意瀏覽電視節目，是《作家身影》。螢幕上，一灰髮男子站在書房的落地窗前，窗外一叢綠竹瑩瑩，積雪稀疏覆蓋著垂落的葉片。屋簷下懸掛著或長或短幾根冰柱，想是因為天氣乍暖還寒，屋頂積雪還來不及融盡，便又結了冰。他踱步一陣，坐回到書桌前，桌上一封未完成的詩稿。他拿起筆，一筆一畫寫了起來，螢幕左側遂有了一行詩句，朗誦的聲音低沉迴響在我的耳中：「但知每一片波浪／都從花蓮開始……」

是楊牧。

那天，我寫了生平第一首詩，名為〈雪止〉，描述那太平洋彼岸的詩人，渴望回歸故鄉的心情。從此以後，詩開始向我奔湧而來。冥冥中彷彿真有什麼難以言說的感應，藉由花蓮這塊土地，就這樣傳遞下來了。藉由山海的冥契，積存在我生命深處的山川風物，對於人間一切事物背後，那個巨大而深微，無所不觸的詩意，自那一刻起，有了流洩的渠道，且各就各位地，找到了語詞和語詞間，意象和意象間，自然組合的方式。那是詩的語言，潛流在我生命之中，我再清楚不過，那就是我與生俱來的宿命。

我在花蓮市唯一一家大型書局買到楊牧的詩集《有人》，這是我所購買的第一本詩集。在我高三準備考試的艱難時光裡，它陪伴我度過荒涼悶絕的歲月。我總是在午夜的宿舍裡，陰鬱的桌燈下，閱讀楊牧的詩，彷彿一場臨睡前的儀式，非此不能安心。我一直以為這是只屬於我一個人的祕密，一種文學的緣起，詩的緣起，彷彿也就是在一道豐繁華美的巨大光影下，漸次滲透擴張，慢慢展布成為永恆的溶溶滋養，讓生命得以壯盛，得以開枝散葉，得以發光。

爾後我離開故鄉，負笈北上求學，花蓮遂成為心心念念之中，那千絲百纏，無從割絕的牽繫。那時漫溢在我心中從無斷絕的詩句，依然是楊牧的〈瓶中稿〉：「但知每一片波浪／都從花蓮開始……」

楊牧在《瓶中稿》自序中說，這些詩乃是他在萬般無奈之中對於命運的試探和反擊，雖不見得是對於命運的反抗，但或許這為之耿耿不寐的思想，才是那反抗的開端。而這首〈瓶中稿〉，是詩人在一九七四年的夏天，旅行至一個小漁村，黃昏看潮後，對著宿處窗外一棵巨大的柏樹所寫下的。在此之前，他順隨命運，不知何以南北，自西徂東，如同鮭魚盲從某種召喚，彷彿一種生物性的奔赴。身在這未知之中，唯有詩是最可靠的信物。這首〈瓶中稿〉，竟總結了他在這幾年間的睥睨和猶疑。

我願相信楊牧所說，那是某種標記，是我們日思夜夢、徘徊迷途之中，所能望見最真切的指引。陳芳明以為在這首詩中，可感的鄉愁充塞於詩行之間，表現了一位詩的信仰者，在海外漂泊十年，強烈地想起他的故鄉，欲將懷鄉之思裝入瓶中，看看他的愁情能否漂回自己家鄉的海岸。我確實知道那種感覺，卻不能真切的體會，畢竟東闖西走，還是在這座島嶼之上。如果願意，買張車票，兩個多小時也就回到了花蓮。但是怎麼說，總也還有一種漂泊的心情，彷彿移植於異地的花木，無論如何芬芳，已不是故土原水所滋養出來的美麗了。

〈瓶中稿〉共分六節，整體以情感與懷鄉之思索相互貫串，成為一個不可分割的整體。一問一答之間，意象精確，線索宛然。更重要的是，由於情感的推闡，使得憂傷苦悶的情緒在言語之間累積，直至最後的問句，始奔放出巨大的能量。第一節八句，由眼前的景象開始，西方日落，柏樹森森，但可望見海岸潮水在漲。詩人說，但知每一片波浪都從花蓮開始。這是情感上的想當然耳，並不是事實，但在詩人洶湧澎湃的感情之中，一切就成立了。

而後詩人回溯童年，說那時也曾問遠方是否有岸。在他幼稚的心靈裡，這樣的提問理所當然，因為沒有一個人能看見命運預設的軌跡，直到命運將他拋擲到此生唯一的道路上，看見此岸的星光，才知道星光飄零同照兩地，竟就隱喻了自己一路走來的心情。

第二節四句，目光由眼前星光轉向海浪。詩人細問眼前波浪，是否也懷念花蓮的沙灘。雖是問浪，實則是自問，答案不言自明。至第三節的七句，詩人想像原本喧譁於花蓮沙灘的波浪，經過十年光陰迴流到此。他推想致使波浪迴流的原因：「想必也是一時介入的決心／翻身剎那就已成型，忽然／是同樣一片波浪來了／寧靜地溢向這無人的海岸」。

不只是浪，更是人生，這其中應該有些什麼屬於命運的成分，轉折的關鍵，或是不得不然的預設，全起於那一時介入的決心。

第四節九句，詩人觀察波浪，並為自己的未來寫生，如魚苗、如海草、如飛魚奔火於夏天的夜晚。信念慢慢滋長，渴望越來越強。在第五節的八句中，詩人忽然自問，當海浪湧向無人此岸，自己又該做些什麼？海浪可以迴流，在此岸與彼岸之間，那麼詩人自己呢？如果回歸故鄉的心念是如此強烈，他又如何不能成為波浪，回頭溢上花蓮的沙灘？

但光是波浪，不足以表達思念的強烈之感。在最後一節的七句中，詩人設想自己涉足入海，依據質量不滅的定理，彼岸花蓮，潮水必然漸次漲高：「當我繼續前行，甚至淹沒於／無人的此岸七尺以西／不知道六月的花蓮啊花蓮／是否又謠傳海嘯？」

海嘯如何可能？如果思念的強度化為能量，那樣巨大的能量，豈不能化為實質？詩人看似奇詭的想像，其實有著情感上不得不然的因素。

那會是什麼因素呢？在楊牧平穩而動人的節奏中前進，感受那規律起伏宛若潮聲的音樂性，我忽然想起，那彷彿就是他無數次提起的故鄉的風。浪遊過無數岬角和草原，一遍又一遍，侵襲他童稚的夢，那風中有潮水和松濤，拍打夢的堤岸，教人不要忘記它的存在。

我確曾聽過那風聲。午夜的高三宿舍裡，當我闔上詩集，花蓮港外漸次升起的潮水，化為反覆來襲的風，搖撼著青春未滅的夢。那時我正想著此生必將離開花蓮，不管用什麼樣的藉口，必須要到一個沒有人認識的遠方，去呼吸、行踏、觀覽，感受刺激和撞擊，感受生命開展的種種可能。然而當我輾轉枕上，大風吹散了層雲，吹開一空燦爛的星夜，我呼吸裡有海水的鹹味，耳孔中有波浪依依拍擊堤岸的聲響，輕輕撫慰著我躁動的靈魂——我往往就這麼睡著，安詳，寧靜而無夢。

一直要等到更久以後，我帶著詩離開那片土地。本以為自己可以堅強，一空依傍的活下去，然而每當夜色降臨，夢中總是潮聲侵岸，彷彿某種召喚，要我知道，其實自己從來從來，都不曾真正離開過故鄉。

或許那感覺，就是每一個遊子心中永恆的惆悵。

默默

我不和你談論

吳晟

我不和你談論詩藝
不和你談論那些糾纏不清的隱喻
請離開書房
我帶你去廣袤的田野走走
去看看遍處的幼苗
如何沉默地奮力生長
我不和你談論人生

不和你談論那些深奧玄妙的思潮
請離開書房
我帶你去廣袤的田野走走
去撫觸清涼的河水
如何沉默地灌溉田地

我不和你談論社會
不和你談論那些痛徹心肺的爭奪
請離開書房
我帶你去廣袤的田野走走
去探望一群一群的農人
如何沉默地揮汗耕作

你久居鬧熱滾滾的都城
詩藝呀！人生呀！社會呀

已爭辯了很多
這是急於播種的春日
而你難得來鄉間
我帶你去廣袤的田野走走
去領略領略春風
如何溫柔地吹拂著大地

隔巷的小菜圃裡，三五畦短短壤土上種了六七樣蔬菜。軟脆的菜葉在二月春風中搖顫，像小小的手掌，貪婪的撈著大樓夾縫間滲漏注下的日光。

那是一塊畸零地，只有兩三坪大，夾在圍牆、巷道，以及一片傾斜得只能放任五節芒雜亂生長的小山坡之間。作為坡地建物無奈的附屬品，我以為它注定是一個被遺忘的地方。但台灣人篳路藍縷的精神，對一切閒置的事物都看不順眼，總要為它們找一個存在的理由：「不然可惜了嘛！」

大概是因為這個緣故，從去年的九月開始，我注意到那片荒地上的雜草不知道被誰一點一點除去了。地上挖了幾條淺溝，攏成田畦，種上小白菜、芥菜、油菜，菜圃就成形了。又在四周插上七八根短短的木棍竹竿，竿上綁著市場常見那種五斤裝紅白條紋塑膠袋，或許是驅鳥之用？後來乾脆就像宣示領土所有權那樣，在菜圃靠巷道的一側，廣告看板橫七豎八釘成圍籬，攏上塑膠紗網，還做了一個供出入的小門，用鐵絲繫上不讓閒人進來。我想那過不久就會換成鎖頭了。

在這裡種菜的，是個約莫七十歲的老先生。老先生每天早上七點多現身菜圃，在這裡工作到八點，一派溫良恭儉讓的模樣。他固定戴一頂印有農友種苗公司標誌的遮陽帽，身上是洗鬆褪色的針織 Polo 衫加上泥汙的夜市一九九西裝褲，以及勤奮節儉老農必備白布鞋。他鬆土澆水一樣樣仔細做了，做完之後會站在門邊喝水，邊喝邊觀賞自己工作的成果，然後才心滿意足離開菜圃。

老先生顯然是慣於農作的人，菜圃裡的每樣東西都極有規矩，行間疏密，畦壤高低，全都是經驗的累積。我站在樓上向下望，老先生為菜苗澆水的背影，像極了一枚蛞蝓，慢慢爬過水泥牆壁，留下溼涼的印子，那麼緩慢，那麼堅持。心裡就有了一種小小的感動。似乎有什麼更巨大的意義藏身其中，在他的背影裡，不是站在樓上遠遠觀望就能理解。「為什麼那麼堅持呢？」我想。

這一小塊畸零地很顯然的，其實並非老先生所有。我不禁好奇，老先生難道不會擔心哪天被地主逮到，像先前新聞報導的，有婦人在原本種了花的分隔島上種菜，結果被縣政府一狀告上法院那樣的事情嗎？婦人最後免不了侵占的罪名。看別人空地閒置就來種菜，豈非等同於住人空屋、開人空車，甚至是慰人孤枕一般？對於這種事情，我總是有一種來日大難的預感，彷彿看見在某個時刻，地主帶人來拆了這些桿棍籬笆，並且在路口大聲爭論土地所有權的畫面。「為什麼那麼堅持呢？」

或許他只是單純的想種些什麼而已。播下種子以後，看見苗葉舒張，草木欣欣，從某種層面來說，意義遠大於人們任憑己意所做的區別與畫分不是嗎？透過種植，人們得以參與自然，感受到生的力量無處不在，像是吳晟說過的那樣：

正常的土地，隨時會成長，它上面有作物。甚至你不必去理它，也會有各種不同的生物在它上面生長。……我很喜歡看秋收之後的稻田，那種景象有點感傷。稻子已經收割了，稻草燒一燒，撒一些菜籽，茼蒿、白菜、油菜、A菜等等，不久就長得很茂盛。沒有撒菜籽的地方，它會自己長出各種花草，充滿生機。

我喜歡各種植物自行生長的意象。靜默之中，天地以一種更大的循環，溫柔包圍這個世界，推動它在變與不變之間運轉遞嬗。那是超越語言與理性思辨，唯有透過親身參與，才能感知的內在冥契和喜悅。譬如陶淵明「采菊東籬下，悠然見南山」，有一種難以言宣的心安理得。

我私自以為老先生是懂得的，只是說不出來而已。如同大部分的農人，默默播種，默默收割，默默地走完一生，因為語言承載不起他們所感受的一切。

我想起二〇一〇年一月底的文藝營，詩人吳晟帶來他的詩歌專輯，眾多音樂創作者包括胡德夫、羅大佑、陳珊妮等，將他的鄉土詩譜成曲並親自演唱。其中一首由張懸演唱的〈我不和你談論〉，最是令我印象深刻。

吳晟是彰化人，父親曾在溪州鄉農會任職，母親是典型的農婦。屏東農專畢業後，他返鄉定居，任教於國中教授生物。業餘陪母親下田，耕讀生涯至今不輟。他的個性爽朗真誠，自稱是「愚直鄉間子弟」，而「戇直」正是他的註冊商標。

他從一九七〇年代開始寫作農民文學與鄉土詩。近百首描寫台灣農民生活的詩作，探討了農民的命運，更關懷台灣社會的變遷。吳晟的鄉土詩，並非單純用鄉土語言表現情感的詩作，而是來自於對鄉土與生命的摯愛；不是即興式的感觸，亦非追逐潮流的炫技之作，而是醞釀深刻的自然流露。他對大地鄉土的認同，不僅是精神上的關懷，他更以身體力行的雙重投入，展現了藝術的價值和人性的意義。

這首〈我不和你談論〉正是這種風格的作品。全詩語言明白曉暢，沒有什麼難以理解的部分。詩人在前三段裡用對朋友說話的口吻，反覆地說「我不和你談論詩藝／人生／社會」，只是要求你「離開書房」，「去廣袤的田野走走」。但詩人並不是不關心這些，而是不想停留在口舌之辯，停留在「糾纏不清的隱喻」、「深奧玄妙的思潮」，以及「痛徹心肺的爭奪」之上。人間種種，若是停留在語言的層次，必然會錯漏這世界更加龐大的整體，因為語言是一種破碎不完整的工具。從都市文明的角度所能看見的，往往只有都市文明自身的價值，而無視於屬於土地的，那股龐大的生之力量。

在這首詩裡，詩人用民歌一般複沓的句式，帶領讀者一步步走向田野，要讀者親自去體會，去看見幼苗的生長、河水的灌溉，以及農民如何沉默揮汗耕作。因為「你」久居於熱鬧的都市，習慣於各式各樣的辯論，用知性取代感性，卻不知道人如何生活在天地四時的自然之中。「這是急於播種的春日／而你難得來鄉間」。時間對都市人來說，可能只是流年暗中偷換；但對於居住在鄉間的農民，那是一種更加迫促的呼喚，呼喚人們順應時間的循環，成為天地自然的一分子。當「你」難得到訪，如何能捨棄這個重新認識與回歸自然的機會，不去親近田野，仍然執著於爭辯玄虛無根的各種論題呢？

真切的進入，才能帶來真切的體會。在詩人的筆下，春風並不是一種能夠被單純認知的客體。春風的溫柔觸撫，需要全心的感知與領略，那也正是生活在大地之上的農民最真切的感受了。

陳冠學在《田園之秋》十一月二十九日的日記裡說：「人一方面想脫離自然，想憑著人的智慧由人自己造出另一個世界；但人回頭再看自然世界時，又發現自然世界確是那樣的完美，於是又極想返歸自然。這是人的矛盾。」

可悲的是，生活在現代的我們，在面對自然之時，更近似於柏拉圖穴居人的譬喻，看不清它真實的樣貌，卻又心懷畏懼，不肯回頭。但其實我們不肯面對的，並非他人，不是另外有一個未知的世界在那裡，等我們走進蠻荒去冒險；我們不肯面對的，其實就是屬於自然的自己。

孟東籬說：「如果能夠靜下來，我們會發現，自然世界固然充滿了威脅性的力量，但同樣充滿了美與安詳……山嶽崇高，河海遠大，到最後我們必然會發現自己是自然的一部分，不然不可能對自然產生這樣的呼應。我們之能呼應自然，是因為跟自然有相同或近似的頻率，是由於這樣近似頻率，她才能夠呼，我們才能夠應，這正像歌德所說，人能夠看到光，因為人的眼睛中有光，或說人能夠看到太陽，因為人的眼睛中有太陽。」

在都市林立的建物之間，一塊被水泥裁切得破碎的畸零地，慢慢變成了長滿菜蔬的園圃。我從那園圃中看見自己，正默默低頭檢視破碎的影子，而灑在我頭頂的，是一片來自廣闊天空的巨大光亮。

肉身道場

行草

陳育虹

在地平線上
弩張低偃絞轉頓挫
一介肉身
如草，飽蘸時間之墨
委婉曲折的醒
狂宕恣意的夢

是草就該隨風旖旎嗎

也可以險險臨立
風在掌心，不動
或者波礫從容
落筆飛處只是一枝草的
性情

乃至於永字
八法，八萬四千
唯是一
法，那留白
那未及寫出的
就空著，彷彿洪荒
那洪荒卻是草的原鄉
在化身泥濘之前

肉身
如草
如離離行草，更行
更遠　還生

一

我的學生J成為電視節目的常客，是去年的事。

即使J老愛在電視節目上胡扯或自爆隱私，實在有損校譽，使得同學之間提及此人多半齒冷，我仍然清楚記得J對於舞蹈的巨大熱情，是如何感動了當時的我，以至於不顧班上其他同學的心情，執意為他加油打氣。後來J果然如願考上T大法律系，成為熱舞社的一則傳奇，但多少也讓學弟們誤有「等到三年級再讀書就可以考上T大就像那個誰誰誰一樣」的荒謬想法。J畢竟是特例，不能當成一般標準來看的。

但除此之外，我對於J所擅長的街舞，其實意見多多。我曾經問J，為什麼選擇街舞呢？得到的答案畢竟是想當然耳的：「我覺得這樣很帥啊！」令我無言良久。

蔣勳說，他喜歡看紐約街頭的波多黎各裔或非洲裔的孩子跳街舞，他看見的是他們極度解放的身體，不在意他人的眼光，離經叛道，純粹的快樂，是像花一樣打開的青春。然而「人到了某一種年齡後就不可能跳街舞了，因為它是高難度的活力展現」。

觀看者看到的是活力，在舞動者而言是自我的解放，這其中有某種被動的、純然道家式的欣賞，卻不是交流。我想問J的是，很好你讓別人看見你有活力你也跳得很爽，那然後呢？然後你還有什麼更深的東西可以給人？

已經退休的呂老師曾經告訴我一個故事，她有一個畢業多年的學生，曾經極度熱衷於跳街舞，舉凡 Popping、Locking 等等都能跳得很好，但後來有一天說不跳就不跳了。問他什麼原因，卻不是蔣勳所說的「年紀到了」。他說有一次獨遊日本，櫻花季節，圓山公園緋櫻垂枝一片粉紅花海，風吹來真有如落雪一般，日本人稱此作「櫻吹雪」。他為這個景象所震懾，良久無語。「那是何等巨大的美啊！」他說：「我好想用自己的身體表達那種美，但我發覺做不到。就是做不到，我以前所學的一切全都派不上用場，那一刻，我真的好沮喪……」

其實道理再簡單也不過了，形式美縱然可以到達極致，也不能彌補意義之不足。年少可以輕狂，可以「即淺為美」，但不能持續一輩子。一輩子輕狂淺薄，不只是無知，更是愚痴。

二

我所指導的紅樓詩社，其實是個名實不符、不務正業的社團。它雖然名為詩社，但多半的成員都不寫詩，而每週五放學後的社團時間所安排的課程，往往也都跟詩沒有關係。打著「在生活中發現詩意，過一種詩意的生活」的口號，我們開過的課程種類繁多，除了讀詩與創作課之外，也開過小說分析、流行歌曲賞析、劇場理論、攝影實務與操作、次文化研究等等，可說是五花八門無所不包。

每個學期究竟會安排哪些課程，其實並無固定，端看社長大人心意與喜好而定。不過有趣的是，這幾年來有一門課幾乎是每學期必開一次，那便是「現代舞與肢體訓練」。

之所以會開這門課，完全是因為我們背後有學長撐腰，可以回來指導。詩社連續幾屆都有學長奮不顧身投向現代舞的懷抱，不管是戲劇系生物系新聞系材料研究所，這些人一旦開始跳舞，便有了義無反顧的瘋魔。他們之中有幾位在林麗珍老師創辦的「無垢舞蹈劇場」跳舞，跳到巡迴歐洲，甚至在法國亞維儂藝術節中，得到來自全世界觀眾的掌聲。他們對於如何以肢體傳達意義，有著深入的理解，藉由他們的講課，詩社這群十六七歲的小男生，彷彿認知了身體也是另一重詩意展演的空間，認知了美和意義交會的可能。

往往，我看著他們在並不很大的社辦中伸展收斂脊骨四肢，來回走動碰撞身體，那其中似乎有什麼正流動著，等待著被書寫出來。我曾問過林麗珍老師，無垢的舞蹈語言，舞者似乎沒有動作，但隨著時間推移，又確實正在移動之中。那潛藏於身體之內的意志，何其寂靜又何其活潑，似乎從身體的最深處湧動生發，漸漸盈滿身體四肢，即靜而動，寧定專一，究竟是什麼樣的力量？老師微笑不語如有禪機，我亦只好微笑以應。

我其實是知道的。那看似不動的舞者，正如天地四時在靜默中流轉，推動這一切變化發生的，除了「氣」之外，還能是什麼呢？

從靜中看見動，那是J能夠體會的境界嗎？

三

與無垢相反的，我想起雲門的《行草》。

如果說無垢是藉由舞者的身體之不動，來展現內在的流動，那麼《行草》就是直接以舞者的動，來展現存在於不動的書法作品之中，那潛在流動的氣韻。

我記得在國家戲劇院黑暗的舞台上，方型的燈光投射成空白的影窗，舞者著黑衣於其中，用身體模擬書寫永字八法。林懷民說：「書法和舞蹈有很多相同的東西。書家落筆之時，就是一個舞者。今天我們讀書法，不只看到字的線條，按捺畫撇勾和留白，更重要的是，我們也可以讀到書家運筆的氣勢。」

而後更多的作品被投影在舞台上，舞者俯仰縱躍，黑衣飄飄有若墨色，則舞者便是字，是書法家，是人文與自然的感通，是形與影與氣之結合。蔣勳是這麼說的：

> 漢字的書寫是創作者感覺到自己的呼吸，感覺到自己呼吸帶動的身體律動，從丹田的氣的流動，源源不絕，充滿身體，帶動軀幹旋轉，帶動腰部

與髖關節，帶動雙膝與雙肩，帶動雙肘與足踝，再牽動到每一根手指與腳趾。

他們一定是用自己的身體在理解《書譜》上這樣的句子，用自己的身體理解漢字書法最奧妙的美學本質。

——《漢字書法之美》

動靜之間，是多麼富有想像的辯證關係。

四

然後我便讀到了陳育虹的這首〈行草〉。

陳育虹出生於高雄，文藻外語學院英文系畢業。旅居加拿大溫哥華十數年後，定厝於台北，曾出版詩集《魅》、《索隱》、《河流進你深層靜脈》等，以《索隱》一書獲《臺灣詩選》二〇〇四年度詩人獎。她的詩作風格清新，富有音樂性，詩句溫柔婉約，對於人間風物觀察入微。這首〈行草〉便收錄在《河流進你深層靜脈》一書中。

本詩分成四段，每段六句，從舞者的姿態發想，聯繫著「草」的意象與書法藝術，將雲門舞作的內在精神與形式特色，做了完美的結合。首段描寫舞台上舞者的動作，身體既開展又內斂，那是弩張；以屈身貼近地面，則是低偃。用軀幹的肌肉帶動旋轉是絞轉，而躍起落下後那有力的靜止，便是頓挫。身體動作的內在意識，來自於書法，也來自於自然。既名為「行草」，身體動作也當如草之行，如草葉在風中的運動軌跡，那是透過時間在我們心上投射的印象，是時間在空間中的書寫，所以說是「時間之墨」。陳育虹描摹舞姿，展現著行草書法的圓轉曲折，但她更理解那深處於內在的精神，卻又是另一重狂放不受拘束的夢境。

是以在第二段中，她延續首段「草」的意象提問，舞作不僅僅只是形象如草柔軟飄揚，當舞者靜立，那不斷流動著的氣韻，便在即靜而動的肢體上展現。看似不動，實際上卻是「險險臨立」；看似勁急，實際上卻是「波磔從容」。無論動作如何，內在還是「草」的精神，是行草書法的藝術。

但何謂行草？何謂書法？她解釋著這一切，說永字八法不僅僅是八法，可以是人間八萬四千法，而終於也只是一法。我以為這所謂的「一法」，也就是「人法」，是生命本身，也是存在的憑藉。因為不在而看見在，從失去理解完整，意義就在留白之中流轉，這正是中國書法藝術與中國文人畫最重要的思想特色：「計白當黑」。

未及寫出的空白，她說，那是洪荒，是不斷循環著的這人間生命，得以展演自身的場域，也就是「草」的原鄉。在西方的思想中，荒原是人類文明崩解後之所餘，但「烏何有之鄉」對中國人而言，卻是精神得以發展自己、超越自己的所在。

陳育虹從躍動的肉身中看見生死，在出生入死、草化為泥之前，藉由一支舞，藉由意義的追尋，舞者和觀者同樣經歷了生命的延續、發展、超越。於是書法不再只是書法，舞作不再只是舞作，它們躍過時間，將自身投射進入未來，更上升至哲學的思索了。

五

曾任台北藝術大學校長的邱坤良，在他的散文集《跳舞男女》中說，舞蹈家最高貴之處就在於突破生理極限，完成美麗的形體，和觀者有所感應，也互有感動。我想把這段話告訴J，希望他能理解這一切：舞蹈不僅僅只是欲望的釋放，不僅僅只是「跳爽的」、「很帥啊」這樣肉體層次的事情；它更是一種修練，藉由肉身這個道場，修練自我對於生命的直觀，對於存在的體會。

因此說肉身，說自然，說書法，也說詩。在動靜之間，生死之間，人是多麼美的存在。

未完成的情詩

手稿

陳義芝

我們不是空房的一部分
不是廢園的一部分
不是牆邊的草
不是井底的水

我們，是門與門鎖
床與床墊的關係
沙發與脊骨

餐桌與手肘的關係

我在你的病苦中作夢
自棄中生活
你在我遁逃時驚醒
呼喊時離去

我留下一部未完的手稿
給你
你留下一個不關的窗子
給雨

——

生活就是一場儀式，生命本身就是一種獻祭。

這體悟由來已久，但絕非哲思深沉、披沙揀金之所得。非僅不那麼崇高，甚至帶有些嘲謔無奈的味道。這是我每天走進教室前必然重演的內心戲碼，像是老一輩演員常掛在嘴上的，演戲就要有三分生七分熟，才能在無盡的重複之中展現新意。而我慣常以此言語開始一天的工作，有如自我催眠、自我安慰，在夢境與清醒之間，試圖提煉一點感動自我也感動他人的活力。

陰陰天色裡，微雨覆滿了整片操場，遠處樓影朦朧暗沉，是多愁善感的天氣，卻不是多愁善感的年紀。或許確實是那年紀，但不知怎麼的，多愁善感這四個字似乎並不適用於他們身上。我太清楚接下來要面對的是什麼了——一群剛上完體育課，大汗淋漓的青春猛獸。雄性動物特有的體臭和餿味，洶洶然，烘烘然，將會瀰漫整座教室，但必然有什麼正在那其中醞釀發酵，我無法清楚表述。

今日說紅樓，一場天地神鬼冷暖人情匯聚一處的瑰奇夢境。關於中學國文教育，我總是有滿腹疑問。我們的教材編選者似乎急於將人生苦難一網打盡，所選文章不是批判政治教化道德，就是表述遷謫之苦傷逝之痛，至於青春心念，竟是隻字未提。課文中的劉姥姥自嘲自諷，人情練達，畢竟不是全書主旨的「大抵談情」。我自作主張添枝加葉，從開天闢地的神話到以淚相還的愛情，擇精揀要演繹了一番。一不留神，說到寶玉神遊太虛幻境，夢醒後與襲人共領警幻仙子所授之事，台下忽然湧出一片吃吃竊笑，此起彼落的「啊嘶」之聲，頓時將傳道授業解惑之杏壇，融化為一片春光旖旎的肉欲勝場。

我輕輕歎息，今天又踩中地雷了，看來要他們平復情緒，還得好長一段時間。

我常自嘲職業不是教師，而是動物園的飼育員或馬戲團的馴獸師。小獸們一年四季都是發情期，只要一點刺激就會大舉發作。他們渴性望愛，一逮到機會，就會化為肢體的碰撞和言詞的譏嘲攻防，嚴重暴走。但那些肢體碰撞，不過是演練「愛的抱抱」；而言詞攻防，也僅限於打打嘴砲罷了。畢竟他們迄今所受的一切教育，都在訓練這顆過度發達的大腦。在考試和教科書圍起的無形牢籠裡，性欲慢慢悶熟了青春肉身，心頭火熱無處發洩，而語言是唯一的工具，只有開些無傷害性的黃色笑話，做某些不切實際的色情聯想，才能稍事喘息。

這是屬於詩的年紀，除了嘴砲，當然也有些真實的困擾。在愛與不愛的漩渦裡，歷經了猜忌、懷疑、信任與背叛，這是成長必經之路。他們以自己的青春生命為道場，日復一日試煉情愛辯證的技藝，並且以為這就是幸福的保證。譬如綽號是狗狗但長相卻是隻可愛大白熊的J，總是因為幸福的神情而遭致眾人嫉羨的眼光挑釁；譬如長得像極了泰籍工作者但極有才華的年輕詩人U（我強烈懷疑他若出沒在中壢火車站前必遭搭訕？），情傷愛痛一度讓他年輕的眉間籠罩揮之不去的陰鬱。當然也有男男女女怡然自得者，高調在櫃子上張貼「誠徵男友」，真是青春無畏無懼，使我報以熱烈掌聲；卻也有令人惋惜不堪，提早登出這世界的孩子，敏感、早熟、脆弱，無力承受這一切，終於選擇離開。

一切似乎都是功課，一門人生的大功課。不管好壞，我總想問問他們：「那然後呢？」

這些青春小鬼不會知道愛的下一個階段用什麼方式到來，又用什麼方式滲透、磨蝕我們的靈魂。愛如迷幻藥物，會侵占我們的生活，使我們成癮，讓生活從豐富變得索然，而它也隨之乏味如雞肋。我的朋友K，當年的北一校花，才華洋溢，人美聲甜，數十年如一日。她婚姻幸福美滿，孩子又極優秀，我一直以為能有那樣的人生，婦復何求。但我不知道的是，K也曾經歷婚姻危機，以迄今日，一切苦痛只有默默承受，隱忍了不說。這一切，都得要走過看過經歷過，才能懂得。

是懂得的，但幸福一瞬即逝，總無法堅強到最後。像王安憶筆下的柴米油鹽，小奸小惡，一個女人在生活中庸俗了，又在庸俗中上升成為愛與美；像紅玫瑰與白玫瑰，交相成為佟振保心中愛的標的物，一升一降之間，為眾生演示俗世情愛的種種矛盾不可解；又如林文月的朋友A，倦於尋常平凡的幸福家庭，在向晚的年歲，終於投奔一段祕密而又熾烈的不倫愛戀……

那麼，陳義芝又從這不可理喻的情愛關係中看見了什麼呢？陳芳明說，必須歷練過生死離合與恩怨情仇，生命的質感才有可能累積起來。而跨過中年的陳義芝，他的詩筆溫暖中暗藏寒涼，熱情裡透露冷靜，那是生命經驗的自然流露，絕非通過文字的刻意追求所能抵達。陳芳明並且以為，抒情傳統中的現代詩人，往往不是勇於語言的實驗，而是完全從情感的體驗中自然衍生語言，而陳義芝正是其中代表。他從未創造石破天驚的句法，卻能夠讓想像自在流動，令人驚豔。

這首〈手稿〉收錄於陳義芝的最新詩集《邊界》。他在後記裡提到，之所以將第七本詩集命名為《邊界》，來自於米蘭．昆德拉的說法：「只需前進一點，無限小的一點點距離，人就能發現自己是在邊界的另一端。」而陳義芝在詩集中所呈現者，大體正是那種難以言明但真實存在的邊界狀態，從此端可以望見彼端，讓讀者擺盪在理性與感性的界線之上，時刻演練越界、跨界的心之遊戲。

〈手稿〉只有四節，每節四行，前兩節說理，寫出情愛的相互依賴。在第一節中，我和你不是空房亦不是廢園的一部分，因為家屋乃是感情的庇護所，是人所共同建構的生活場域。屋不空，有了生活充實的痕跡；園不廢，便充滿了生機和種種發展的可能。不是牆邊的草，無人關心自生自長；不是井底的水，深冷無波默默望天。

第一節重點在「園」，第二節則轉移至「屋」，詩人藉由門與門鎖、床與床墊，寫出了兩人的共生關係，是種若缺其一則不完整的狀態。他更進一步帶入肢體，用身體倚靠著沙發，餐桌支撐著手肘，點出了一人對另一人的依賴。而這些家具所建構起的家屋意象，正是對前一節中的空房的回應與補充。因為愛得親密，所以如此貼近，如此私密，如此的家居。

而後兩節則轉折為敘事。這看似親密的關係在生活的風暴中漸次崩毀，我在你的病苦和自棄中，仍如日常一樣的作夢、生活，但愛偷偷磨蝕著一個人的心志與信念，讓原本看似幸福完足的世界走向毀滅。於是我再也承受不住，選擇遁逃——我成了這情愛關係中的背叛者。此一舉動令你有所驚醒，但你選擇的竟是離去，棄我呼喊於不顧。在第四節中，我們的故事終究是未完的手稿，而你的離去，卻留下了一扇不關的窗子，讓冷雨打入這曾經庇護感情的家屋。至此，家屋的完整性便有了缺口，有了一道永遠無法癒合的創傷，時時刻刻提醒著我，關於你離去的這個事實。

〈手稿〉這首詩內容充滿了戲劇性的衝突，但形式上卻極度工整，構思之巧，令人驚歎。詩人大量運用對偶與排比、類疊的手法，創造了語句的對稱之美，卻又暗藏錯綜伸縮文句的修辭，使得詩行看起來並不呆板。隱而不顯的韻腳，則使得全詩內藏音樂性，可誦可歌，更顯示了中文系深厚的文字功力。最令人激賞者，在於「你留下一個不關的窗子／給雨」，將現實提升至詩意的想像，強化了「未完成」的氣氛。

如同陳義芝在卷首所說：「好的詩人總有太陽神守護，而只有最好的詩人能同時擁有酒神的眷顧……祂們代表相反但不對立的兩面，陽與陰，群體與個人、文明與天真。」我以為，過去台灣的現代詩重視意象語的建構，正是此一理性的展現，但只有最好的詩人，能夠突破這理性的桎梏，從生活中捕捉詩意的瞬間，提煉出觸動人心的詩句。如同年輕而聰慧的女詩人林婉瑜所說，寫詩所用者並非加法層層添補，反而需要用減法，刪落那些不屬於詩的部分。陳義芝的這首〈手稿〉，正符合了這「損之又損，以至於無」的道境。

情詩未完，愛已消逝，這是多麼悲涼殘破，又多麼正常的狀態。人是否生來就必須面對這反覆無盡的索愛練習，如果情愛本身並無任何保證？又或者尚有其他的可能？維琴尼亞・薩提爾在《家庭如何塑造人》一書中說：「沒有愛與被愛，人類的靈魂和精神必會枯萎和死亡，但是我們也要知道愛無法帶來生活上的所有需要。……為了他人的需要，暫時超越本身的需要；耐心地不使對方失去價值感，而來了解別人所表達的意義。」

「耐心地不使對方失去價值感」，這是多麼睿智而又難以實踐的道理。如果情愛關係真有功課，我只希望這群青春小鬼們能夠藉由文學，多了解人生一些，多獲得一點耐心。因為站在高處所看見的風景，畢竟是天地開闊，乾坤朗朗，雖有浮雲過眼，或許，也無須那麼在意吧！

現代詩生活

在我們生活的角落

陳黎

在我們生活的角落住著許多詩
它們也許沒有向戶政事務所申報戶口
或者領到一個門牌，從區公所或派出所
走出巷口，你撞到一位邊跑邊打大哥大的慢跑選手
尷尬的笑容讓你想到每天晚上在家門前幫年輕太太
擦紅色跑車的老醫生，原來
它們是一首長詩的兩個段落

物件和物件相聞而不必相往來
一些浮升成為意象，向另一些意象
求歡示好。聲音和氣味往往勾搭在先，暗自互通
聲息。顏色是羞怯的小姊妹，它們必須待在家裡
擺設好窗簾床罩浴袍桌巾，等男主人回家，扭開
燈。一首詩，如一個家，是甜蜜的負擔
收留愛慾苦愁，包容肖與不肖

它們不需到衛生所結紮或購買避孕套
雖然它們也有它們的倫理道德和家庭計畫
門當戶對不見得是最好的匹配
水乳固然可以交融，水火也可以交歡
黑格爾吃白斬雞，黑頭蒼蠅辯論
白馬非馬。溫柔的強暴
震耳欲聾的寂靜
不倫之戀是詩的特權

它們有的選擇活在暗喻的陰影或象徵的樹林裡
有的開朗樂觀，像陽光的蜘蛛四處攀爬。有些
喜歡餐風飲露清談野合，有些則像隱形的紗
散布在分成許多小套房出租的你的腦中，不時
開動夢或潛意識的紡織機
許多詩據說被囚禁在習慣的房間。你閉門
覓句，翻箱倒櫃，苦苦呼喚，甚至騎著電子驢
驅趕滑鼠，敲鍵搜尋。打開窗戶
寬天厚地，它們居然在那裡：
雨後的鳶尾花。放學回家的
一隊鷗鳥。歪斜的
海的波紋
煮著一鍋番茄和幾片豆腐的微波爐
你想到還要幾粒豌豆。你走進超市看到

罐頭罐頭罐頭罐頭罐頭罐頭罐頭罐頭罐頭
罐頭罐頭罐頭罐頭罐頭罐頭罐頭罐頭罐頭
罐頭罐頭罐頭罐頭罐頭罐頭罐頭罐頭罐頭
你隨手拿了一罐，發現挖空心思，刻意
求索的它，原來因缺席而存在：
罐頭罐頭罐頭罐頭罐頭罐頭罐頭罐頭罐頭
罐頭罐頭罐頭罐頭　　罐頭罐頭罐頭罐頭
罐頭罐頭罐頭罐頭罐頭罐頭罐頭罐頭罐頭

一顆紅柿孤獨地在收銀台上。你說
妙哉，一顆紅柿孤獨地在收銀台上
一行字自成一戶
你不免懷疑它移民自日本或多絕句的盛唐
但是你完全不在意。完全不在意它們可以全部裝進
一個小小的購物袋

師大噴泉詩社的學弟S發了封信來，邀請我接受他們的採訪。S為了使訪問能夠順利進行，還特別先把問題整理了一遍，附在信後。老實說，能夠注意到這種小細節，其實還滿貼心的，不太像是一般的七年級生。

我收E-mail的習慣很差，不喜歡馬上回信，總要拖個三五天，有些不急迫的甚至乾脆忘了。壞習慣流澤廣被，即使至親好友亦然，有時弄到了快要被通緝的地步。大隱隱於市，我想我自己在這個方面，很有些隱士的潛能。不過收到S的E-mail，我倒是馬上就坐下來瀏覽了一遍，想看看這些大學生最想了解文學的那個層面。

S說，他們想從四個方面來提問，一是和母校有關的事，二是希望談談與噴泉詩社相關的事，三是就新詩創作給大學生的建議，最後則是自己的創作心得。我特別留意到這個問題：「經過這麼長的創作旅程，若要給一個剛開始寫詩的大學生，您會建議他如何開始創作？」

我很想直接說，拿起筆來寫，不就開始了嗎？但這種雞同鴨講的答案，恐怕會被認為是在搞笑耍冷。

看他們想問什麼，其實，有著現實的目的。

或許真是大環境的趨勢，造成整個社會的文學人口急遽減少。在我所任教的這所高中，文學社團參與人數逐年下降，許多社團甚至面臨倒閉的危機。但這些高中生似乎並不是不愛文學，每年校內舉辦文學獎，都會出現一些讓人眼睛為之一亮的作品。這些表現亮眼的孩子，在校外的比賽中一樣出色，幾乎要讓人以為文學仍然興旺，世界仍然美好。

只不過大部分的參賽作品，仍停留在流行歌曲式的無病呻吟，或者夢囈般的喃喃自語。聽說方文山的歌詞即將被選為國中國文教材，我對此感到十分憂慮。常常有學生拿了作品來問我的意見，我一方面懷著鼓勵提攜的心情，一方面又不願意違背良心，只好說些無關痛癢的話。正如張愛玲說的，教書最難，因為「又要做戲，又要做人」。原本十分害怕這種世故的我，三十歲後終於也學會了妥協，不可不說是一種進步。

這種時候，最常被問到的，便是：「我怎樣才能把詩寫好？」這問題同樣出現在S的信裡，對於剛剛開始寫作的人而言，彷彿沒有更重要的問題了。但我認為，「詩是什麼？」才是更加根本的問題。如果不能對此有所理解，只問技術層面之事，恐亦徒勞。

這個問題困擾我們太久了。從五四以來，中文現代詩的發展脫離了古典詩的形式，重新摸索一種自身棲居的法門，從格律到象徵再到意象，各種說法彼此扞格相互矛盾，讓現代詩的教與學成為一個巨大的難題。許多人以為，現代詩不過是一種文字遊戲，是一種跳舞的語言，是內在情志的抒放。但若只作是想，你便可以用其他的創作方式取代詩，用音樂、用影像、用分行的散文，詩並無存在的必要。

但是詩確確實實的存在著，不是嗎？有時我看著咖啡杯中的旋沫，深褐色的液體表面映照一隻空洞的瞳孔，瞳孔中一片黑色的靈魂彷彿也自旋轉，專注得像是一座失明的燈塔窺看天機。這是詩嗎？我自言自語：「那不正是自我存在的一種狀態嗎？」原來詩在語言之中，又超脫於語言之外。

常常我一個人走進人潮散盡的捷運站，電子跑馬燈閃爍著重複的訊息，像一個虔誠而熱切的布道者，堅持著告訴群眾：「還有一分鐘……一分鐘……」另一個世界的門就要開了，但沒有人在聽，沒有人在意。沒有對象的布道，宛若曠野中的施洗約翰，從何處得來天啟神諭，又向何人訴說，永遠只能是時間中的一抹聲音隨風散去。一盞壞了的日光燈反覆練習熄滅與亮起的把戲，自明自滅。它在著，同時也不存在……那麼簡單、索然而充滿隱喻的場景，不過就是幾分鐘的時間。巨大的落差，巨大而細微，在我們有意無意的視而不見之中，輕易被消滅了。原來那也是詩，在理解之中，又超脫於理解之外。

我多希望能留下那個魔術時刻，在有無之間，生契合著死，過去糾纏著當下，一切隱微的全都顯豁了，朗朗乾坤清明白日之下，再也無所遁形……「在我們生活的角落住著許多詩」，我無法不想起陳黎。

〈在我們生活的角落〉這首詩，收錄在《苦惱與自由的平均律》一書中，是陳黎在二〇〇〇年的作品。關於這本詩集，東華中文系的賴芳伶老師認為，陳黎運用了各種可能的材料與形式，把普世性的苦惱，轉化成一種不可思議的「新詩學」。他拼貼浮世人生的各色風景，使它們相互激盪碰撞，產生了豐沛的後現代效果。但我私自以為，陳黎的詩作始終洋溢著一種對於「趣味」的追求，這種追求造就了陳黎詩藝的特色，使他可以自在處理各種題材，浮想連翩，舉重若輕，似乎沒有窮盡的時刻。

在這首詩裡，我們或許可找到某種印證。詩人劈頭開宗明義就告訴我們：「在我們生活的角落住著許多詩」，雖然它們沒有戶口沒有地址，但在你走出巷口的時候，迎面而來的景象立刻使你聯想起另外一些景象，「原來／它們是一首長詩的兩個段落」。生活中的詩，來自於各種奇妙詭異的聯想。一個講電話的慢跑選手，如何使人想到為年輕太太擦車的老醫生？但詩人說它們在同一首詩裡，這中間就生出了許多模糊的想像空間。

語言和語言如何輾轉相互勾引延伸，透過矛盾、摩擦、刺激、碰撞，成為美麗的詩句？詩人說，物件和物件相鬩而不必相往來，詩句的構成並不憑藉分類學上的依據，眼前的事物只有某些部分會成為意象，而意象自有其產生聯想的規則。最先來者是聲音和氣味，這是陳黎的創作祕訣。在陳黎的詩作中，使語言相互碰撞的一個重要方式，是透過同音／諧音／字義變換，偷渡兩不相同的概念，成為仿諷、諧擬，以及各種饒富意味的文字遊戲，而後才是語言風格、形象或畫面。

詩人故意用帶有情色意味的聯想，來比擬這種趣味的關係。在第三段裡，詩人用「不倫之戀」來比喻語言如何突破既有的規則。他讓「黑格爾吃白斬雞，黑頭蒼蠅辯論／白馬非馬」，為文字遊戲而遊戲，看似荒謬，實際上卻是讓語言在矛盾中獲得力量的方式。運用同樣的規則，也可以生出像是「溫柔的強暴」、「震耳欲聾的寂靜」一類我們所習慣的詩句。

但詩不能只是文字遊戲，詩意的根源藏身他處。在第四段裡，詩人說它們或者藏身隱喻和象徵之中，或者清楚明白就在眼前；有些則藏身潛意識裡，藉由變形的夢境偷偷展現；有些甚至是被習慣所困，你上天下地苦苦搜索，驀然回首，才發現詩就在生活之中，俯拾即是。一些畫面、片段、生活裡的小小感觸，都是詩意可能的來源。

那畫面應該是具體而形象化的，譬如什麼呢？詩人在這裡玩了個圖象詩的小小技巧，他堆疊了三行共二十七個「罐頭」，然後從中抽掉一個，剩下二十六個「罐頭」，以及一個難堪的空洞。他說挖空心思刻意求索的詩，「原來因缺席而存在」。他恍然大悟，原來這就是詩，詩無處不在。從這一刻起，像打通任督二脈，練成絕世武功一樣，連收銀台上放著的一顆紅柿，都能夠充滿詩意，而化身成這樣一行詩句：「一顆紅柿孤獨地在收銀台上」，而你可以隨身帶著走，彷彿帶走整個盛唐的絕句。

看起來沒有意義的地方，實際上卻充滿意義，透過語言的喧囂、對話和解離，才能鬆動現實意識的藩籬，看見詩意。《莊子・知北遊》篇有這麼一個小故事，說東郭子問道於莊子，莊子每次的回答都不同，從螻蟻、稊稗、磚瓦到屎尿，讓東郭子聽得頭都昏了。如果照現在流行的講法，莊子的回答大概就是所謂的「KUSO」了。或許正是因為這樣的「KUSO」精神，一點點惡搞、惡趣味，顛覆了我們對事物的認知，才讓我們跳脫了日常的思維，重新發現了生活的詩意。

我想告訴S，要怎麼開始寫詩，用什麼方式寫詩，都沒有關係。重要的事情是，一個詩人應當學習回頭去觀看生活，那裡才是詩的根源。我於是想起法國哲學家列維納斯。他說，我們不是為了吃飯而活著，但說我們為了活著而吃飯也不準確：「我們做這一切，都不是為了生活——這一切就是生活。」

我說，生活不是為了詩——事實上，我們的生活就是詩。

計程車政治學

立場

向陽

你問我立場，沉默地
我望著天空的飛鳥而拒絕
答腔，在人群中我們一樣
呼吸空氣，喜樂或者哀傷
站著，且在同一塊土地上

不一樣的是眼光，我們
同時目睹馬路兩旁，眾多

腳步來來往往。如果忘掉
不同路向，我會答覆你
人類雙腳所踏，都是故鄉

每次搭乘計程車，千奇百怪的乘車情境，總讓我的應對能力受到嚴重考驗，使我有一種化身擬態昆蟲的錯覺。

每一輛計程車都是一個小小的王國，民情迥異，風俗各別；而運將先生就是這個王國的統治者，操持著至高無上的權柄：方向盤和油門踏板。因此每每也就感覺，一旦搭上計程車，便是以命相搏，不僅僅是搏運氣，更要搏感情——運將們不總是掏心掏肺一副「我要你懂我」的樣子？——我只好小心翼翼謹慎言行，生怕批人主之逆鱗，不知道會召來什麼樣的禍患？

譬如近來某次搭車赴約，甫一上車司機便開始大談足球經，問我世足賽支持哪一隊。然而我平時根本不看足球，除了媒體焦點貝克漢之外一無所知，但我所知者也僅僅限於八卦而已。我只好顧左右而言他，批評起政府的體育政策如何糟糕，養不出一支可以代表國家出賽的隊伍不說，連人才也都留不住紛紛出走譬如吳珈慶曾雅妮，而留下來的像盧彥勳只得苦哈哈四處籌錢……

大概此言於其心有戚戚焉，這司機也跟著開始抱怨起來，說職棒簽賭野火燒不盡害他只能看大聯盟，把國民隊道奇隊當台灣球隊一樣支持，但未免也太過奇怪了難道這不也是一種崇洋媚外嗎是不是……我暗自鬆了一口氣，只是接下來聽他一路從台北抱怨到內湖，足足有二十分鐘之久，聽得我耳朵都快長繭了。

另一次深夜乘車視線不明，招來小黃上車後頓覺氣氛怪異。車內貼了許多抗議司法不公的陳情標語，照後鏡裡司機一副含冤待雪的悲憤神情，嚇得我趕快拿出手機打給朋友閒聊風花雪月直到下車——此花手機費以消災厄也，不足為訓。類似經驗還有不少，相信有許多人也看過，一輛貼滿星條旗和大字報的計程車流竄在台北街頭，向我等路人宣揚台灣是美國的第五十三州，應該早日公投回歸美國的懷抱。只是這麼一來乘客大概早就被嚇跑了，不知道這司機究竟如何營生？

當然最常碰到的還是藍綠一邊一國的場面。通常一項可資區分的明顯標記是：車上收音機播放什麼電台節目。如果傍晚五點多上車，聽到的是News98尹乃菁的聲音，這司機有七成是泛藍一邊；若下午兩三點上車，聽到的是一男一女以極流利台語接叩應談命理因果什麼的，那麼有九成可能，這司機會是深綠的支持者。這類型的司機都很喜歡跟乘客聊天，希望有人能對他們的話題情義相挺，這時候就得要識相點，應對寧可諂媚一些，也不要逆毛撫摸。運氣好的話還可以讓司機主動為你打個折扣或免去零頭——此計程車政治學也，凡我島民或都該修個學分才是。

時勢所逼，處變不驚，並非我的特異功能。然而我無法不好奇，這一切是怎麼開始的？是遠古部落族群戰爭的天性，還是社會動物黨同伐異有所畏懼的本能，讓一個個孤獨的王者，在計程車狹窄封閉的空間裡，詢問每一個過客的立場？那究竟是想要宣揚教義，還是試圖為孤寂的內心找到志同道合之人，相濡以沫，相擁以取暖？

但這島上的運將們畢竟還能說出自己真實的想法，不算活得太難過。大陸作家馬建在一九八二年的「清除精神汙染」運動之中遭到整肅，之後逃出北京，在中國各地非法流浪。一九八三年底他到了西安，寄宿在朋友家中，談詩論藝。他們談到艾倫·金斯堡，這位美國「垮掉派」的代表性詩人，談到他抗議社會的作品：

我說，這一段「他們在窗台上絕望地歌唱，翻過地鐵窗口，跳進骯髒的巴塞克河，撲向黑人，沿街號哭，在破碎的酒杯上赤腳舞蹈……」使我想到在北京。我們一幫詩人畫家喝酒後，拿著瓶子找到垃圾箱，使勁把瓶子摔進去。那是我最大聲的一次發洩了。他們可以坐在窗台上唱絕望的歌，可以沿街號哭，這樣的社會就是我們的天堂，而金斯堡卻認為這是不能活下去的社會了，應該把他抓到中國活一個月。我們的理想就是坐在窗台上讀詩唱歌。

讀詩唱歌？何其卑微的理想，何其困難的實踐？但馬建之後畢竟輾轉離開了大陸，到英國去讀詩唱歌了。若想要說出真話，又將遭逢什麼命運？

一九八九年，原本只是一名海南島小公安的野夫，在六四事件發生後毅然辭職，義正辭嚴地發誓：「絕不做鷹犬和劊子手。」為此，他倉皇出逃，輾轉還鄉，設法救助民運人士逃往海外，卻遭人陷害被捕，整整關了六年，也還保住了性命。我的一個朋友說，想表明立場，往往是先表態就輸了。從非法流浪到非法禁錮，我不知道何者更為荒謬，或許也都是表態惹的禍？

相較於彼岸的風聲鶴唳，此岸的一九八〇年代卻是民主改革的關鍵時期。許多關係到今天台灣民主發展的重大事件，全發生在那個風起雲湧的年代。尤其是美麗島事件，更是影響日後台灣政治轉向的重要關鍵。此一影響也及於文學界，激發了文學的政治化。鍾肇政說，在美麗島軍法大審之後，本土精神昂揚，於是有了一九八三到八四年間的「台灣意識論戰」。小說家李喬更說：「在台灣的作家顯然的要分出你是黑是白，是正義是不義；作家若還想『超乎政治之外』是可恥的，文學沒有政治是假的，尤其是當前的台灣作家。」

在那樣的時代裡，文學人被要求要表明立場，不容許再有藉著黨國體制獲取權力的政治文學。與對岸肅殺的政治氛圍相比，雖有方向之別，但仔細玩味其發展，竟也有某種異曲同工之妙。寫作於一九八四年的這首〈立場〉，便是在這種風潮背景下的創作。

〈立場〉收錄於《十行集》，是詩人向陽的作品。向陽本名林淇瀁，南投鹿谷人。中國文化大學東方語文學系日文組畢業，美國愛荷華大學國際寫作計畫邀訪作家，文化大學新聞研究所碩士，政治大學新聞系博士。大學時代開始寫詩，一九八〇年代與友共同創辦《陽光小集》詩刊，後來進入新聞界，曾任《自立晚報》副刊主編、《自立晚報》及《自立早報》總編輯、《自立早報》總主筆、《自立晚報》副社長兼總主筆。現任台北教育大學台灣文化研究所副教授兼所長。創作豐富，詩、散文、評論、學術論著等共計達四十餘種。

〈立場〉一詩分成兩段，前後各五行，形式嚴謹，音韻鏗鏘。在第一段中，詩人被詢問其立場為何，但他選擇沉默拒絕回答，眼睛卻望向天空的飛鳥。這裡的飛鳥當然意有所指，乃是一種自由的象徵。人之所以意識到自由，其實是因為先行意識到某種不自由的狀態，自由才能凸顯其存在。人原本應該本真地活著，本真的有所關注操煩，有各式各樣的痛苦與喜樂，那是因為人立足於大地，有其興觀群怨。然而此時詢問立場，卻已悖離了這本真的狀態，將人分門別類各自建檔，其實不都是人為的畫分嗎？

詩人敏銳地察覺到，詢問者和被詢問者，其實都站在同一塊土地上。這種人為的畫分，不過是某種眼光，是有所遮蔽有所偏執的。我們不能否認，但也無須受此一眼光所綑綁，因為詩人在超越的觀點裡，認清這種執著使我們忽略了那更重要的東西，也就是我們的立足點，而這就是故鄉的意義。人不能離土地而活，只要活在同一塊土地上，它就是我們彼此共同理解的基礎，相互扶持的理由。

經過了二十餘年的時間，經過了政治解嚴、總統民選，甚至政黨輪替、二次輪替之後，再次閱讀這首〈立場〉，其實很令人感慨。感慨的並不是政治箝制言論，而是過多的言論掩蓋了我們追求真理的決心。我們眼見所謂的民主，所謂的公共論述，似乎慢慢轉為一種人云亦云，口水八卦。在眾聲喧譁的榮景之中，每個人都在說，但沒有人在聽。我不禁感到一種深切的悲哀。

或許問題的關鍵是，我們放棄了思考問題的權柄，放棄了直面問題的決心。這諸般現象的成因錯綜複雜固不待言，但令人在意的事情是，當公共論述被壓縮成一支小小的遙控器，或者收音機上的旋鈕，在這種狀況中詢問彼此的立場——抱歉，除了日常生活，我們並無立場可言。

是以每次搭乘計程車，我總是放棄成為政治動物，改而化身為擬態昆蟲，靜靜坐在後座，讓孤獨的王者手握方向盤高談闊論，不表態不爭辯。也許少說一點，多聽一點，有助於我們的民主進步到下一個階段也說不定？

陪我去遠方

荀子

羅智成

就在那時
一顆星晃動——遲疑了一下
沿盈溢的天穹滑落
迅逝的光輝
來不及的歎息……
祀典前夕的村舍
風起。

醒夢邊緣的動靜
溢出鴟鴞的面具
窗牖捭闔
陶甕顫然，欲發……
磨過屋瓦
露水只垂落半滴……

當風被收緊——聽！
聲音的尖端
在那
眾樹高舉
包藏萬竅之笛的雕塑
他們的年輪正在甦醒。
妖嬈的菌類
搜括而來

怕聽的耳朵……

荀子說
不要怕
這是罕有的夜
美麗騷動我們生疏的靈魂
不要怕，握緊知識
睜大眼睛
胸懷天明。

終究，我還是成了學院的逃兵，在二〇〇八年十月選擇從博士班退學，想要把原先預計寫論文的時間都留給創作。心裡一直明白，告別了學院，並不意味要與學術告別，也不表示從此拒絕接受知識。這一年多來發覺，不再為了文憑而念書寫字的時候，反而多了更寬闊的空間，可以讀更多私心喜愛的書。我的學生朱威幾次對我說，好羡慕我這樣自在的生活——教書以外的時間，都是拿來做自己喜歡的事，看很多電影讀很多文學作品，書寫自己相信的事物。我總是對他笑笑著說，你也可以啊，只不過不是現在。我們的人生，充滿了交換。在升學制度下，在文憑社會裡，在資本體系中……世界有多大，我們交換的空間就有多大。況且，某些理想的完成，必須通過這種種交換。

這樣不是很無奈嗎？

的確。但若能夠脫離這樣的無奈，在智慧的園林中採擷最珍貴的果實，真的就是人生至福了。尤其在用青春換取文憑的時候，多一點知識的歡悅，又是多麼難得。我曾經那樣追尋，努力想要成為一名真誠的學者。二〇〇二年秋天初入博士班的時候，用盡教書第一年的積蓄償還讀碩士班時的助學貸款，已經沒有能力留職停薪繼續念書。幾經波折阻撓，終於通過在職進修的申請，那時任教的學校准我每週有一天公假去讀博士班。我就這麼見證了台東與花蓮之間的風雨陰晴，在花東縱谷公路上來回奔馳，來回約莫四百公里的路程，去程三小時、回程三小時，周而復始。我一直記得，公假排在星期三，我很貪心的整天排滿課。每個星期二傍晚下班後，隻身驅車向北，從暮色昏黃開到夜色漸濃。有時雨水飄落，更覺追求知識的歷程是如此孤寂。星期三的課到晚上九點結束，便匆匆開車南下，回到台東的教職員宿舍都是午夜了。若不是仗恃著熱情與耐力，以及尚稱年輕的身體，大概無法度過那樣緊湊的生活吧。

即使有一次，開車開到打瞌睡，停紅燈時不小心撞了前車。即使路途中有家長打電話來，從玉里沿路跟我聊到鹿野。即使曾經在路旁停下小憩，一覺醒來竟然過了兩小時。我都覺得一切是值得的，小心翼翼地珍惜護衛著，單純的讀書這件事。

那年適逢羅智成老師擔任駐校作家，開了幾門我最感興趣的課，我像個小粉絲般選了他所有的課。大家都叫他羅某，我也就跟著沒大沒小的這樣叫了起來。

羅某的詩影響了我整個大學時期，一心追求他筆下那種優雅的氣質與品味。有一個學弟告訴我，做一個詩人當如羅某，腦袋靈光、衣食優渥開雙B，兼顧理想與現實。我常在羅某的課堂上陷入沉思，走進一座又一座花園，一次又一次迷路。現實生活的考驗下，詩是我最強大的支撐。那一年，一邊重讀羅某的舊作，一邊聽羅某講他正在進行的、龐大的詩歌創作計畫。

羅某的文明創造工程，後來果然在《夢中情人》、《夢中邊陲》裡一一實現。然而我無法忘記，這個神祕教皇更早更早的時候，便那麼關注愛情、文明與夢境：「大雨不停的年代／我把你帶進被窩／在鐘乳岩支撐的／夢的洞窟裡／忘情刻鑿我們袖珍的文明與情話……」（《黑色鑲金》）他念念不忘人類的文明與歷史，同時在意私人的感情體驗。他詩裡那些人物的代號，也成了私密的感情符碼。

詩是一種密教信仰，我也就那樣成為詩國的信徒。印象中，羅某總是一身緇衣，簡單又極致的在衣著上標榜個人美學。我從他身上感受到一股奇異的和諧，古典和現代、西方或東方、傳統與創新、保守及激進……在在變得不相扞格，可以兼容並蓄了。

某個清朗的午後，他說，思想就是最美麗的修辭。他跟我們提起先秦諸子，華夏文明最豐贍華麗的思想結晶。他筆下的諸子形象，意義不在於重建歷史現場，而是展開對話。讓這些古典人物，透過現代詩話語，達成某種程度的藝術溝通。《擲地無聲書》序言提到：「『諸子』的完整構想從我最欣賞的思想家荀子開始。他是我所認為的，這個古老的文化中一直非常短缺的人格典型。能清澄地把問題分進正確的籃子裡，又有足夠的『推理記憶』去從事深度思考，而不願將就著把結論交給修辭學的。」而我以為，偏偏荀子在諸子中是最重視修辭的，鋪陳排比隱喻之繁複綿密，遠超乎同時代的哲學家。羅智成把荀子的腦袋說得非常美麗，修辭是為了彰顯意義，不只是辯論技巧而已。

於是〈荀子〉一詩開頭充滿感傷的寫道：「就在那時／一顆星晃動——遲疑了一下／沿盈溢的天穹滑落／迅逝的光輝／來不及的歎息……」天體運行、萬物興衰，在在關乎人事。人類智慧的光芒，一如黑暗中的星閃。緊接著，一連串古典的意象如「祀典、村舍、鴟鴞、窗牖、陶甕……」，帶我們進入那個素樸未可全然理解的世界。因為「這是罕有的夜」，因為荀子的智慧也是罕有的。不管是荀子或羅某，探究宇宙生命問題時，也感受到了風起、露滴，一個人彷若接受天啟一般，突然懂得了文明的道理。世界的祕密於是如此傾洩，如此驚動怕聽的耳朵。

這首詩最精采的還是最後一節，羅智成設想的結論，他虛擬荀子的話語，告訴我們：「不要怕／這是罕有的夜／美麗騷動我們生疏的靈魂／不要怕，握緊知識／睜大眼睛／胸懷天明。」追求知識的人，總是在暗中尋光，在漫漫長夜等待下一個天亮。認識羅某與他的詩學，是我博士班課程重要的收穫之一。我隱約懂得，勸學其實就是勸問。對生命、知識的種種提問，影響了我們如何自我理解、解釋人生。問法的高低與深淺，往往決定了智慧的進展速度。尤其最後幾行，靈魂的震動帶出：「握緊知識／睜大眼睛／胸懷天明。」這裡四字成句，句法典重厚實，其中亦有大志氣。詩人對世界與知識的設想，幾乎到了虔敬的地步。

哈貝馬斯說：「世界成員在世界中如何感知事物，又如何應對事物，關鍵取決於揭示世界的語言視角；這個視角好像一束光，有了它，語言這個發光體就可以使世界中所發生的一切時間都變得明亮起來。」羅智成的詩不管是言志、敘事、說理或抒情，往往透著光。他的語言，就是照亮這個世界的絕佳利器。在他的文字裡，光與文明往往可以相互指涉。至於他的詩歌，楊牧〈走向洛陽的路〉（《傾斜之書・序》）早就說過了：

羅智成曾經以詩和美術為自己設計了一個小型的宇宙，在那宇宙中，他是全能全知無所不在的主宰，神祕智慧的自滿的哲學之王。……羅智成秉賦一份傑出的抒情脈動，理解純粹之美，詩和美術的絕對權威，而且緊緊把握住創造神祕色彩的筆意……

在紛亂的世界中，詩是最好的祕密武器，可以陪著自己出發又回返。不管是多遠的地方，只要熱情充足，就有機會抵達。不管曾經放棄過什麼，選擇的權力永遠在自己手上。儘管都是過去的事了，然而我還是懷念，長途開車求學時所見的風景——夜晚暴雨降臨時，雨刷猛力來回滑動，刷去心裡的陰鬱恐懼。或者是月明星稀之際，我搖下車窗就可聞到草木稻穀的芳香。我一直只是這樣，握穩方向盤，盯著儀表板上發出的冷光與里程數變化，微笑看著風景與時間的流逝。

不斷遷徙的我，始終依賴著一股神祕的熱情，陪我去遠方。

堅強與溫柔

落葉

莫那能

我的心就像一片落葉
在春天還沒來到之前就已經
腐敗了

是的，朋友
彩虹已從山谷走出
山谷裡的大合唱
也離開了部落

只剩下落葉般的記憶
那些纏繞著百步蛇紋的記憶
在憤怒的血液中飄蕩、沉沒
一吋吋地，一吋吋地沉沒
終於把我捲進罪罰的漩渦

族人的榮耀已從遙遠的傳說
出走，傳說中的土地精靈
也已被漢人俘虜
只剩下落葉般的歎息
那些交織著梔子花影的歎息
在哀傷的淚水中墜毀、散落
一滴滴的，一滴滴的散落
終於將我化成痛苦的漣漪

我終於在黑暗中看見一條路
一條原住民的命運之路
路上布滿落葉般的足印
一印印蠻橫深踩的異族足印
沿著不可知的未來和方向
發出惴惴不安的輕響

唉，朋友
我的心就像一片落葉
在春天還沒來到之前就已經
腐敗了

在一個極其令人沮喪的秋日午後，小黑與海葵頭約我在植物園一隅，一邊喝著飲料，一邊傾洩心中的煩憂。他們兩個一靜一動，一起承受著升學壓力，喜歡藉著音樂抵抗醜惡的世界。高三生的焦慮苦悶，在第一次模擬考後全面引爆。他們心中藏著各自的問題，細節不一，結構卻大致相同。在這個年紀難免要問的是，什麼才是最真實的自己？自己的人生該往哪裡去？

海葵頭從暑假起發憤苦讀，規律的生活讓成績有了起色。小黑之前傳了簡訊給我，希望我幫一個忙，他的第一次模擬考成績單暫時存放在我這兒，不要發給他。我心想，為了成績哭哭笑笑，終究不值得。然而青春的處境，只有自己最明白。可憐身是眼中人，成績這檔事，關係到一個人的自我感覺、自我認同，以及自我跟父母期望的差異。小黑說自己好徬徨，即使已經下了許多工夫，仍舊沒有辦法得心應手。他慢慢習得了無助，對自己產生懷疑。病急亂投醫，只顧拿起書來猛念，卻不知道這樣念到底有沒有效用。越念就越灰心，越灰心就越想放棄。看著小黑深陷在這樣的情緒中，只能告訴他，一切就慢慢來吧。不用急著想去證明什麼的時候，才能尋找到一顆安靜篤定的心。

此心能夠安安靜靜，讀書才能如有神助。我答應他，幫他保管這份令他羞恥的記憶。下次他進步了，笑一笑，就撕碎了吧。一紙成績單其實不能證明什麼，當然也不能保證什麼。過於狹隘的眼光把人生看得過度簡單，因而喪失了種種可能。風吹，草動，日影篩落，松鼠在我們頭上跳來跳去，彷彿萬事美好。然而我們知道，現實的粗糙，往往無法一夕改變。

植物園裡的荷花零落略盡，在陽光之中望著自身的倒影，在風中發出歎息。我看著一池的枯敗景象，回想起盛夏時看過的張大千畫作，那些荷花長莖亭淨而圓葉擴張，花朵或以墨色渲染或以金筆勾邊，在在呈現豐沛的生命氣象。冷氣房外面的荷花，則是用力擎舉自己，迎風搖曳。恍惚之際，小黑突然問我，會不會瞧不起原住民？這時我真是有些心疼了，問小黑何出此言。小黑才跟我說起，不太願意讓別人知道自己是原住民的事。我以為，不管自己的祖先是誰，都無損於個人存在的價值。如果不能真實的面對自己，那該是多麼辛苦。我跟小黑說，很喜歡跟原住民交朋友，從來沒有因為族群不同而有隔閡。

在這個島上，為了族群、政黨、階級、宗教……而強分彼此、畫出界線，甚至相互鬥爭傾軋，不是一天兩天的事了。念書考試，要跟自己搏鬥。少數族群的價值觀，勢必要與主流社會相抗衡，夾縫中求生存。這些都是太過麻煩的事啊！我告訴小黑，大學文憑只是一張入場券，沒什麼難的。為自己的理想發聲，為自己的族群留下印記，才真是不容易。目前的高三生活，至少有明確的目標，努力就可企及。只是心中的糾結，越是不可告人，對自己的傷害就越深。身上能夠流著這樣的血液，種性得以依憑此身傳繼，不也是很光榮嗎？用不著偽裝，也用不著排斥，生命最初的聯繫本就不由自主。因為不由自主，更需要有勇氣與命運拚搏，既要爭尊嚴也要爭自由。

陽光照在我們的臉頰與手臂，花樹掩映於此間，一切看似平和美好。只是我們心中隱約裝填著現實導致的無奈，每覺無處可以發洩。我們想像著一百種生活，練習一百種快樂的方法。然而到頭來一定會發現：生活只有一種，要快樂並不困難。切．格瓦拉說得好：「堅強起來，才不會丟失溫柔。」困頓有時，悲傷有時，只有堅強可以帶我們去到最明媚動人的地方。

海葵頭話語不多，傻氣的笑著像是安慰。我告訴表面一派瀟灑實則內心無助的小黑，其實原住民詩人莫那能正是這樣的人。莫那能，一九五六年生於台東縣，漢名曾舜旺，排灣族人。他七歲喪母，十八歲被騙入勞力市場（做過砂石工、捆工、搬運工、洗屍工……）。二十來歲車禍後眼盲，其後又罹患肺結核與癌症，如今與妻子在台北以按摩維生。他的弟弟也是社會底層的勞動者，妹妹則在山奸誘拐下成為雛妓。他們在現代社會中慘遭剝削，成為可以喊價拍賣的勞力商品或身體商品。人生的多舛，莫此為甚。被這個主流社會視為他者（the other），政治、社會、經濟、教育各方面都被漢文化異化了。主體性的喪失讓他們失憶又失聲，國民黨專權時代如此，福佬沙文主義橫行時亦然。我不斷的想像，格瓦拉的革命旅程，那種雖千萬人吾往矣的姿態。格瓦拉殺身成仁，當代社會的原住民只能憑藉著保障名額在國會打游擊。

莫那能的前半生經歷，幾乎是台灣二十世紀七、八〇年代原住民卑微生存的縮影。他透過詩歌表現出生命力，也記錄集體命運和自身困境。為了族群的續存，莫那能與胡德夫等人成立「台灣原住民權利促進會」，他們關注政治、社會、土地、勞工、雛妓、文化保存問題。漢人朋友的鼓勵啟發之下，莫那能口述詩歌，正式展開文學創作。〈恢復我們的姓名〉一詩中，莫那能控訴、批判強權壓迫，主流文化以同化的手段，使得原住民文化傳統漸漸消亡。原民久處於政治社經之邊陲，大多數男性成為勞力工作者、女性被迫出賣肉體，才有辦法掙口飯吃。莫那能呼籲：「恢復我們的姓名與尊嚴」。這個訴求何其哀切，回歸正義與公理，原住民只是卑微的希望恢復本族姓名，執政者應該還給原住民生存的權利。〈落葉〉這首詩裡，則呈現了一個原住民當代生存的觀點。落葉的意象貫串全詩，用以指涉原住民命運，再貼切不過。那輕薄易碎的族群記憶、自我認同與尊嚴，是多麼容易被摧毀。莫那能此詩，頻頻呼告卻不流於濫情，反覆排比類疊卻不顯得矯揉。他常用伸縮文句的錯綜方式，把句子壓縮又拉長，堆積情緒的重量。中文並非他的母語，然而這位原住民詩人卻用中文寫出了如此強烈的聽覺意象。他的山林體驗，成就這首詩裡豐美的意象。他痛苦、他惴惴不安，他的心在春天來臨之前就像落葉，已經腐爛了。

這當然是上個世紀的事了，無告的哀鳴終成絕唱，代之而起的是行動，是更加多元的溫柔與堅強。莫那能從山林走到都會，身心遭逢巨變，令人思之悵然。越來越講究政治正確的這個年代，我們更無法忍受單一的價值、愚蠢的信仰。

二〇〇九年的台積電文學獎作品集《書寫青春6》裡，我欣然同意青年詩人簡年佑所寫的〈栽種〉，那堅定有力的族群聲腔說道：

總是陰雨的時候
長長的軌道上一個鐵皮箱子
裝載著我和都市的身體
回到小米生長的地方

這是一個哀傷的隱喻
我們把好多古老的歷史
連同 akong 布下的陷阱
ama 以前編織的衣裳*
山谷裡走過的痕跡全都
種植在這裡
洞穴和遠古的居所一樣
潮溼，而且適宜生長
擺好檳榔灑上米酒
用來灌溉死亡

「會種出什麼來呢？到底？」
突然我無法理解
石碑上的漢字

到底會種出什麼呢？
告別山谷裡雄鹿的犄角
海洋中的美麗魚鱗
把自己移植到城市
又在溫室裡讓生活發芽——
誰會種出一株樹豆給族人煮湯？
誰會煮熟一顆又一顆語言的芋頭？
當記憶和血液種出了我
種出了這土地上的遺忘……

到底會種出什麼呢？

軌道長長只有
規律的金屬聲響
穿過隧道突然一片光亮彷彿
天氣已然晴朗而我
認識了自己的名字
裡面有著金黃色的芳香

簡年佑是生長於都會的新一代原住民，他行其所當行，務使青春無怨。憑藉著語言的芋頭，他給了自己一個真實的名字，也告訴我們：只有堅強，才能擁有溫柔。

暮色即將灰暗之際，我在海葵頭和小黑的鑽石眼睛裡看見了，青春的種種可能，勇敢，堅強，溫柔。

＊ akong，阿美族語祖父之意；ama，阿美族語祖母之意。

食慾人生

我將再起

焦桐

材料

中國奉化縣溯溪而上的小魚，薑絲，岳陽龜蛇酒，加拿大阿塔巴斯卡冰河（the Athabasca Glacier）水，台灣醬油膏。

做法

1. 煮魚湯可轉喻為從事救苦救難的革命事業，需準確掌握時空關係，適時崛起，趁機挺進，能忍人之所不能忍，亦決人之所不能決。
2. 虔信慇敬，將魚的血腥洗刷乾淨，誦讀《荒漠甘泉》。

3. 阿塔巴斯卡冰河水丟入薑絲，沸騰時，小魚光身泳進水中，如沐春暉德戩。
4. 魚煮熟時，灑入鹽，滴入幾滴岳陽龜蛇酒。
5. 撈起小魚，撥亂反正地，置於盤中，沾台灣醬油膏食用。

說明

台灣醬油膏五味雜陳，那滋味，以復興民族文化、光復大陸國土為己任，甘甜中帶著輕度的鹹澀，和清晰的酸楚感，最適合沾奉化縣的小魚。注意那魚肉須以過客的瀟灑姿態，一沾即起，否則會產生黏滯感。

哥倫比亞冰原有六條主要冰河，阿塔巴斯卡冰河並非最大最長的一條，如鄰近的沙士卡奇王冰河（the Saskatchewan Glacier）的尺寸就兩倍於它。但阿塔巴斯卡冰河的形狀最屌，從空中鳥瞰，它完全像一根雄壯威武的陽具。

截至一九九〇年春天的測量，阿塔巴斯卡冰河長六公里，平均寬度一公里，冰層厚度三百公尺——相當於艾菲爾鐵塔的高度，表面的流動速度大約是每年廿五公尺。然則由於溫室效應，它躡足潛行的速度，卻跟不上融化的速度。
以阿塔巴斯卡冰河水煮奉化縣的小魚，除了可以充分領略魚水之歡，也因為阿塔巴斯卡悄悄伸長的冰河，和奉化縣溯溪而上的小魚一樣，有著堅忍不拔的意志——

我害怕來不及進入你了，
每一天都性急，
每一天都比性急
更性急地衰老，退縮……
三百萬年前的期待
野心般暗中膨脹伸長了——
悄悄向你移動，

表面上堅挺無比，

在裡面在深處，
軟膠般，洶湧著渴望，
渴望觸撫你溫柔的草原，
進入你進入你呼叫的湖泊。

飛機尚未降落，我的靈魂感到巨大的餓。飢餓感已占據了我靈魂的全部，在經過一整個下午漫長而焦灼的等待之後，我唯一能想到的事情，只有吃。

這四天三夜的香港之旅，目的非常明確只有一個，就是向香江美食朝聖。肚腹有限，時間有限，不能像舒國治一樣穿街走巷，從日常生活的細瑣當中提煉出香港平民食味，只好謹依照香港食神蔡瀾的食單，擬定目標，剋日進發，進攻能夠滿足我貪慾心理的美食餐廳。

美好的食物勾起我對於美好的想像，世界有光，在我味蕾之上，一切都明亮而充滿希望。糖朝鬆香乾爽的炒飯顆粒分明，酥炸干貝絲和蛋白絲隱現飯粒之間；極品干貝鮑魚官燕粥濃滑腴嫩，食後齒頰留香。鏞記著名的燒鵝皮香肉嫩，底下鋪墊著甜糯回甘的滷水黃豆；自製糖心皮蛋彈牙味豐而不嗆，搭配嫩紅薑片酸香可人。陸羽的杏汁燉白肺清甘味濃，炸雲腿汁甜味香，細嚼後滿口火腿香味卻不留滯膩。九記牛腩片片軟熟，湯汁鮮甜不膩，與生記的濃香湯頭各擅勝場。此外還有功德林的素菜、天香樓的杭州菜、夏宮的廣東大菜、滿記的糖水、澳門茶餐廳的菠蘿油豬扒包……這一串長長的名單，彷彿等待實現的預言，在我心中各立山頭開觀建壇，只等我有錢有閒有肚量，便要化身成一名虔誠的香客，一一朝之拜之，方足以保心平安。

對於食物的想像，也是對於文化的想像。吃下美食的同時，也吃下了文化的精髓，讓我自覺神清體健、福慧增長，似乎連說話都顯得有見地，足以驕人。

美食朝聖之旅的重頭戲，在於米其林二星餐廳 L'Atelier de Joël Robuchon。午間套餐三百九十元港幣，從麵包、開胃菜、沙拉、湯品、主菜到甜點，俱可見主廚巧思。然我印象最深者，卻是看起來毫不起眼的配菜馬鈴薯泥。從前吃過的馬鈴薯泥，大多是馬鈴薯蒸煮熟透之後，用篩網壓碎過濾，拌上鹽、奶油、胡椒、荷蘭芹等料而成。講究些的，會另外加上茴香子或者芥末籽，以增香添味。然而 L'Atelier 的馬鈴薯泥，卻加入了牛奶起司，濃厚的奶香伴隨極細緻的馬鈴薯泥，在齒舌之間緩緩化開，其腴滑柔細之處，絕非一般餐廳所供應者所能相比。配菜已然如此，其他更不必說。

餐中搭配波爾多三級酒莊 Calon-Segur 二〇〇三年的一軍酒，雖然還不到真正的適飲期，但酒液在窄口大肚的玻璃醒酒瓶中慢慢醒來，飄出咖啡、巧克力和黑色果實的香氣，已然勾引著我鼻腔中的每一個細胞。濃厚的酒體呈現紫紅深沉的色澤，倒入高腳杯中緩緩轉動，從杯壁流下的淚滴宛如皇冠般美麗，可知其酒精度不低。我讓這葡萄釀成的神之雫流入口中，感覺它謹慎又大膽的包覆每一顆味蕾，酸甜香澀一時俱現，頓時感到有如身處天堂一般的快樂。當它和嫩烤小羊排一同在我嘴裡咀嚼碰撞，那複雜而又深沉的滋味，竟不由自主引發各種動作：鼻孔翕張，身體輕晃，小小的震顫從脊骨末端一路向上蔓延，唇角泛起一抹滿足的微笑……啊！我想吃想喝，渴望持續這有如高潮一般的神聖時刻，讓它成為永恆。

我心知肚明，此刻我對於食物的慾望，已膨脹到幾乎將要吞沒世界的地步。

回想我之所以走上吃之一途，其實起於大四。因為抽不到宿舍，我和幾位同學在永和租了一層房子，四房兩廳，廚具備然，加上鄰近市場，不免就興起了自己煮食的念頭。關於為何男人要學做菜，遠藤周作說，有些人是因為過度貪圖口腹之樂，喜歡親自去市場買菜買魚，甚至自己拿刀拿鏟烹飪菜餚。此話正是我的傳神寫照，但若真要說得準確的話，我是因為自己學著煮飯，才開始留意到烹飪過程中的枝微末節，究竟是如何影響食物的滋味，進而能分辨高下美惡。

據說法國美食家 Brillat Savarin 在臨死前所喊出的最後一句話是：「時候到了，快，快把我的點心、咖啡、酒端來！」眷戀於飲食，也就是眷戀於生命的本身。於是二十二歲的我，徘徊流連於餐廳與廚房之間，不僅購買各式各樣的食譜與食材，自己按圖索驥，更學會如何對糟糕的飲食比中指，賭咒絕不再重蹈覆轍。我自此不重穿衣打扮，唯知「吃是為己，穿是為人」的道理，並且人不為己天誅地滅的，在短短幾年之間，胖了十公斤。

誤入飲食之歧途，卻走出一片柳暗花明寬廣天地的，非焦桐莫屬。在飲食散文集《暴食江湖》裡，他自敘當初由於撰寫《完全壯陽食譜》，從試著燒菜、受邀試菜，陰錯陽差，開始涉獵飲食文化，編選文集，一頭撞入飲食文學的領域。經過多年鍛鍊，他認為「人類文明的發展，靠的是一張嘴。飲食是一種文化，一種審美活動，緊密連接著生活方式」。他且引用張光直先生所說，若想要理解任何民族的文化深層核心，「最有效便捷的途徑是通過肚子」。此言深得我心。

我以為，一切文明的基礎，其實是各式各樣的慾望，以及對這些慾望的限制與叛離。其具體的展現，就在於吃。李昂在《鴛鴦春膳．序》裡寫道：

在「吃」這件生／死最極致殘忍的事上，我們還要講究美食、講究餐桌
禮儀、氣氛情調，甚且無限上綱成最高深的文化、文明的表徵。事實上，
呈現出的不正是慾望、制約、禁忌與消失？

食色性也，飲食和性慾，是人性最純粹的本能，本無關乎道德。然而道德隨著文明發展，禁忌既多，身體變成神的殿堂，而舌頭竟變成只能讚美上帝的工具了。解釋的權柄掌握在政治之手，其中自然生出無限荒謬之事，詩人見此，不能沒有話說。

挑戰權威，衝撞神話，本就是焦桐的拿手好戲。張小虹教授評論《完全壯陽食譜》：「把食譜寫成了詩譜，將書房變成了慾望流溢，春情蕩漾的廚房。」於是「壯陽」變成了「撞陽」，摘掉了政治神話的面具，揭露面具下貪嗔癡三毒俱全的猥瑣臉孔，批判力道何其強勁，但語言又是何其性感與溫柔。

這首〈我將再起〉，其食譜乃是一道魚湯，詳列了材料、作法與說明。若單看詩句，揉雜了愛的渴慕與性的慾望，可說是一「性愛」詩，表達了一個遲暮男性對女性的渴求。全詩分成三段，每段四行。首段點出了對衰老的恐懼，「性急」

既是「急於求性」，也是由於渴望青春長駐之不能，所生出的迫切感受。第二段以冰河為喻，亙古以來的慾望正是男性的本能，伸長、膨脹，持續而安靜地朝「你」移動。詩人用「野心」來描寫這種勃發的春心，但堅挺只是表象，在第三段中，這勃發春心的內裡，卻是如軟膠般洶湧著渴望，渴望碰觸那溫柔的草原，進入那呼叫的湖泊，呼應著題目「我將再起」，深刻描繪了那迫切渴望的心態。

但焦桐畢竟還是焦桐，這首詩並不單純。若加上詩前食譜來看，整首詩便從渴愛之詩，變成一首仿諷、諧擬、自我詮釋又自我解構，充滿了批判意味又無法自圓其說的生猛作品。食譜中列舉材料，有奉化縣溯溪而上的小魚，加拿大阿塔巴斯卡冰河水，以及台灣醬油膏等。何以必須是「奉化縣溯溪而上的小魚」？其政治隱喻不言自明。而做法第一項即明白點出：「煮魚湯可轉喻為從事救苦救難的革命事業」，字面上冠冕堂皇，但我們不都清楚知道，這所謂的「革命事業」，到底是如何收場的？

焦桐接著在說明裡指出，之所以使用台灣醬油膏，乃是因為它五味雜陳，既「以復興民族文化、光復大陸國土為己任」，卻又在甘甜中帶有鹹澀與酸楚，而煮好的小魚須以「過客」的瀟灑姿態一沾即起，否則會產生黏滯感——只是我們也明白，雖然「過客」本是偉人心態，但他最後並未一沾即起，而這「我將再起」，也就成為了永遠無法實現的誓言。有趣的是，在偉人之後，「我將再起」的口號，輾轉為某些失意政客所用。焦桐此詩，豈非對其當頭棒喝？

焦桐由食色而見人性，但比起政治，我更願意回到食物本身，由人性而見食色。黃碧雲說，愛是所有罪惡的根源，又說七宗罪中，以饕餮最為輕易，地獄之門為饕餮而開。南方朔為此下了注解：饕餮之為罪，乃是它占據、它吞噬、它折磨。

我於是想起那個秋日早晨，開車上班的途中，焦桐在廣播節目裡大談「秋蟹來了」，字字句句鑽進我飢餓的耳孔。蟹黃蟹膏豐腴飽滿的滋味，既愉快又痛苦地占據吞噬我所有的思緒，讓我口裡流涎，腹中火燒。唉！我愛吃成罪，自然要受此折磨，但人生難道不值得為此而活嗎？

愛與毀滅的簡歷

簡歷

顧城

我是一個悲哀的孩子
始終沒有長大
我從北方的草灘上
走出，沿著一條
發白的路，走進
布滿齒輪的城市
走進狹小的街巷
板棚，每顆低低的心

我在一片淡漠的煙中
繼續講綠色的故事
我相信我的聽眾
——天空，還有
海上迸濺的水滴
它們將覆蓋我的一切
覆蓋那無法尋找的
墳墓，我知道
那時，所有的草和小花
都會圍攏，在
燈光暗淡的一瞬
輕輕地親吻我的悲哀

我始終無法想像，寫出這樣詩句的詩人會在三十七歲那年毀滅所愛的人，也毀滅了自己。事隔多年以後，詩人的名字一再被提及，總是與那場暴力毀滅勾連在一起。一九九三年十月，我還在雄中念書，剛剛升上高三。從報紙上讀到詩人的死訊，讓我驚覺一個童話世界的幻滅。媒體幾乎都是這麼說的，顧城以利斧殺妻，隨後自縊身亡。第一次讀到顧城的作品，是在高一的時候。那時兩岸重啟交流不久，政治禁忌隨著解嚴而不再禁忌。我對中國大陸的一切充滿好奇，把雄中圖書館館藏朦朧詩人的作品統統借了出來。顧城、北島、舒婷文字中的新世界，在在讓我反思現代詩究竟該要怎麼寫。

非馬說朦朧詩的出現是中國大陸現代詩的一大轉機，在其中可以看見，人性長期被壓抑扭曲的年代，終於有了鮮綠的喜悅。而這股現代詩歌風潮，據非馬的觀察：「從一九七九年三月號《詩刊》發表北島的〈回答〉以後，一大批年輕詩人如舒婷、顧城、江河、楊煉等如雨後春筍相繼出現。他們對附庸政治、窒息心靈的文學傳統進行反省與反抗，並從西方近代各種文學流派裡吸取營養，大膽地從事人的價值的探索與追求。」即便他們的嘗試，部分晦澀的意象與字句讓人感覺並不「可懂」，卻是極為「可感」的。擺脫口號、教條以後，一九八〇年代的中國現代詩有了劇烈的變化。

顧城是作家顧工之子，一九五六年生於北京，十來歲就開始寫作詩歌，被目為天才。文革開始後即失學，從此未再受過學校教育。文革期間曾隨父親下放山東北部的農場，後來回到北京做鋸木工。一九七七年起發表詩作，早期詩作用語純稚充滿夢幻。他的寫作訴諸直覺和印象，一再歌詠童話般的生活。王德威說：「顧城作品透露一種詭異的、出世的美，看來簡單清晰卻又難以捉摸。他對語言單純形式的追尋，以及對生命原初狀態的遐想，為他贏得『童話詩人』的美名。」在當時，知識青年幾乎都可記誦他的〈一代人〉。這首詩只有兩句：「黑夜給了我黑色的眼睛／我卻用它尋找光明」，卻深深的擊中時代青年的心。顧城直覺、直觀的書寫了時代精神，他用「黑夜」、「黑眼睛」暗示了那個時代的氛圍，這一代人在最低沉、最苦難的局勢中企圖「尋找光明」，或許正是當時文藝青年共同的心聲。

在這個冬天的盡頭，我裹著厚棉被看完《顧城別戀》，從身體冷到心裡。這該如何相信，有時候美是會讓人感到痛苦的？馮德倫的外貌帥氣，有一股深刻的憂鬱，是兩岸三地演員中扮演顧城的不二人選。他把顧城的神韻捕捉得恰到好處，充滿瘋狂的審慎與機智。導演在劇中處理顧城與妻子謝燁（筆名雷米）、情人李英（英兒）的情愛糾葛，要把這一段人生以藝術化方式呈現，難度頗高。所以只能儘量的貼近現實，如實的呈現。然而這又更難了——究竟誰說的才是真實？

顧城在火車上認識謝燁，進而展開追求，終於與謝燁在上海結婚。一九八六年「新詩潮研討會」上，他認識北大中文系學生李英。李英大膽示愛，獲得了顧城的回應。顧城夫婦在一九八七年應邀出訪歐美，進行文化交流、講學。一九八八年起在紐西蘭激流島定居，生有一子木耳。顧城不能忍受孩子分享妻子對他的愛，謝燁只好將木耳寄養在朋友家。其間，顧城與李英書信往返不斷。在謝燁奔走下，終於將李英接到島上同居。顧城自傳式小說《英兒》寫道，這是一個「意念中的淨土——女兒國的幻想」，「他渴望愛慕他的兩個女子相互愛慕，這異樣的幻影最終驅使他走向毀滅。」為了生計，一九九二年顧城與謝燁前往德國講學，將英兒留在島上。顧城得知英兒跟一個教氣功的洋人跑了，曾兩度為此自殺。之後又從朋友那兒聽到，原來李英離開大陸前就有一個男友（詩人劉湛秋），於是一個理想世界變得非常不堪。也因為英兒的介入，顧城、謝燁的愛情產生了質變。忍耐已經到了盡頭，謝燁決定離開顧城，到德國展開新生活。一九九三年十月八日，顧城在激流島寓所用斧頭砍傷謝燁，隨後自縊身亡。謝燁則在送醫過程中流血過多而死。

《英兒》是一本會讓人看了不忍的書。《英兒》於一九九三年十二月出版，這本顧城的懺情錄，書稿卻是雷米一個字一個字打出來的，所以兩人的名字一起掛在書上。難以想像，謝燁在整理這些文稿的時候，究竟是怎樣的心情？她與顧城的愛情，又是怎麼一回事？《英兒》出版後，主角李英受到極大的爭議。顧城殺妻事件，與她往後的人生無可避免的深相繫連。她化名為麥琪，在一九九五年出版《魂斷激流島》，試圖還原她和顧城、謝燁在激流島上的生活。卻因涉及劉湛秋，引發更多的非議。

也不知道為了什麼，讀顧城的詩，思索那些美麗的字句時，我總是想起三島由紀夫的《金閣寺》。那個耽溺於金閣之美的小和尚，心裡一再辯證、鬥爭，最後放了一把火燒掉金閣寺。因為這毀滅性的破壞，完整的讓金閣之美停駐於一瞬。《金閣寺》中提到：「用一隻手去觸摸永遠，另一隻手去觸摸人生，這是不可能的。」我想顧城一定曾這樣的企求著——要觸摸永遠，也要觸摸人生。

美麗的事物之中，往往含藏了悲哀。詩人無法視而不見，遂讓自己的身心變成愛與毀滅的戰場。在他早期的詩作裡，已經呈現了這樣的特質。尤其在文革之後，朦朧詩人致力追求中文詩歌的藝術性，必須在語言中重建秩序。藝術模仿人生，終究不會有什麼大礙。可是人生一旦過度模仿藝術，災難就來了。藝術世界的絕美、純粹的理想性，對映出現實世界的無奈，若是沒有堅固的靈魂一定難以承受。寫《金閣寺》的三島如此、寫《瓶中美人》的普拉絲亦復如此。

那麼只好不斷的寫，用藝術去觸摸永恆。

顧城的〈簡歷〉堪稱朦朧詩代表作，語言純淨、思想深刻，折射出一己的悲哀與時代的重量。有人曾說，現代詩（朦朧詩）的晦澀在於，每一個字句都看得懂，但是合起來看之後就不懂了。作者與詮釋者之間，以詩的語言相互溝通，但往往造成誤解。〈簡歷〉中當然也有過於朦朧模糊的意象語言，令人難以甚解。說來奇怪的是，這些不可解的字句正如古典詩歌中所追求的「無理而妙」，不著痕跡的打動讀者。話雖如此，我們仍要在可解與不可解之間找到一個平衡，合情合理的詮釋一首詩。

〈簡歷〉一詩主題定調明確，不從一般人所認可的籍貫、生辰、家世……這些基本資料寫起，而寫自己的靈魂深處，「是一個悲哀的孩子」。顧城在詩中交代了自己從未長大，交代了來處（北方的草灘）與去向（無法尋找的墳墓）。他在講述自己的生命「綠色的故事」，他相信他的聽眾「天空」、「水滴」。我們可以發現，這首詩中充滿自然意象，而人類真實的社會已經退位。在生命的盡頭，花與草都將圍攏，輕輕地親吻他的悲哀。〈簡歷〉要言不繁，簡簡單單的用一百多字表達生命觀，可說一氣呵成。詩中的「我」，願意說自己的故事，與這個世界溝通。然而「發白的路」、「布滿齒輪的城市」、「綠色的故事」此類意象，實在太過朦朧，反而讓人不知道詩人的故事與此何涉。

無須太苛責顧城，那個時代寫詩，這已經是了不起的進步。整首詩的分行方式使得聲音和諧，也沒有太過拗口難讀的字句，造就一種明朗乾淨的聲音之美。「大、花」、「條、道」、「進、心、瞬」、「中、眾」、「市、事」這幾組押韻，讓詩句音韻錯落有致。「悲哀」兩字首尾呼應，不只是聲音的重複，也是意義的加強。

我以為，〈簡歷〉與〈我是一個任性的孩子〉兩首詩，幾乎是同體共構，必須放在一起看。〈我是一個任性的孩子〉詩裡，顧城放恣自己的想像，從私人寫到國族，試圖辨認自己的存在與世界的關係。他幻想自己是個被媽媽寵壞的孩子，可以任性、可以在心愛的白紙上畫畫。他在詩中乾淨明朗的說出了自己的期待：「畫下一隻永遠不會／流淚的眼睛／一片天空／一片屬於天空的羽毛和樹葉／一個淡綠的夜晚和蘋果」，「我想畫下早晨／畫下露水／所能看見的微笑／畫下所有最年輕的／沒有痛苦的愛情／畫下想像中／我的愛人」。詩中的主題句「我是一個任性的孩子」，與〈簡歷〉中的首句「我是一個悲哀的孩子」，正可互文為證。兩首自述詩，彼此獨立卻又相互呼應。

這讓我感慨，悲哀與任性，莫不也是一體的兩面？

詩人渴求沒有痛苦的世界，渴求不會流淚的眼睛，最後卻將生命如同玩具般搗毀，真的是像一個孩子了。關於樂園的毀壞，我想起某個朋友的留言：「一直覺得馬戲團和遊樂園最令人恐懼與悲傷，因為哀與樂是共生共存的。」看待顧城筆下的童話國度，不免再度恐懼哀傷，因為他任性的完成了愛與毀滅的簡歷。

請問芳名

關於泰雅——給你一個名字

瓦歷斯・諾幹

孩子，給你一個名字。
你的臍帶，安置在
聖簍內，機胴內，
你是母親分出的一塊肉。

孩子，給你一個名字。
讓你知道雄偉的父親，
一如我的名字有你驕傲的祖父，

你孩子的名字也將連接你。

孩子，給你一個名字。
要永遠記得祖先的勇猛，
像每一個獵首歸來的勇士，
你的名字將有一橫黥面的印記。

孩子，給你一個名字，
要永遠謙卑的向祖先祈禱，
像一座永不傾倒的大霸尖山，
你的名字將見證泰雅的榮光。

一

今年春天，H從法國回來，帶著她正在拍攝中的紀錄片，和我相約在學校見面。

H是個多才多藝的女孩，能寫會唱，還煮得一手好菜。師大美術系畢業之後，教了一年書，便毅然決然遠赴法國，追尋她的電影夢。她這次回來，是希望能夠在我的班上放映這部紀錄片，順便蒐集素材，以完成電影最後的部分。

這部名為《來自天堂的書簡》的紀錄片，原本只是訪談她在法國的寄宿家庭，隨著拍攝工作的進行，家族史的主題慢慢呈現。在影片中，白髮蒼蒼的老人娓娓敘述二戰砲火下的童年歲月，幽微深遠的記憶藉由反覆敘說，逐漸變得明朗起來，引起了孫輩們的興趣。尤其是小男孩得知自己的名字，其實來自於曾祖父，對過去更是好奇了。

當他們開始索問那些看似與自己毫不相關，卻與自己真實的存在有著千絲萬縷關聯的家族歷史，H也發現了自己對於追索家族歷史的渴求。但隨著H的祖母過世，一切已無從追索。她開始這麼想：生活在台灣這座島嶼上的人們，面對著島嶼被政治、時空與謊言遮蔽的過往，是否也想知道自己是誰？於是她帶著初步拍攝的成果回來台灣，找到從前教過的學生，將影片放映給他們看，竟也引起巨大的迴響。

學生們紛紛要求加入追索家族史的行列，其中有一位排灣族原住民同學更是熱心，不僅參與討論，更帶著H回到屏東三地門的老家，讓H記錄下他訪談長輩的過程。影片就在這一來一往之間，逐漸成形。看著他們尋本溯源，我的心裡有著異樣的感動。

國族雖異，文化有別，但探問之心何其相同？H說，這部紀錄片不僅僅是在處理某些議題，更重要的是，它提醒了我們自身的存在，絕非是一朵孤伶伶無根飄萍。根，其實一直都在那裡，只是我們企首眺望人生遠景，從來沒有低頭俯瞰過而已。

那麼，如果我也低頭看去，又會看見什麼樣的自己？

二

多年以前，我曾經好奇探問過自己的名字。

我家三兄妹都以泰山得名，但我們祖籍福建，跟山東一點關係都沒有。我一直懷疑這是請人算命而得，只是看看卻又不像，否則何以命途多舛至此？父母教育程度不高，也不太可能為孩子取得這麼饒富意味的名字，所以關於命名的原由，在我心裡始終是一個謎。

因為無跡可尋，遂不免有了許多浪漫的揣想。譬如前人夢熊，而母親夢得泰山？又或許是高人指點，以八字配合此名，將來孩子在文學一途必有所成？但事屬無稽，種種荒誕漫衍之想，不過是心靈的遊戲。只是我相信，這個名字背後，必然有著某種期許與祝福，絕非應卯了事。

對龍應台而言，名字是一條線索，代表了一段父母戰亂流離的遭遇：

既然叫龍應台，當然是個在臺灣出世的孩子，可是正因為名字裡嵌了「台」這個字，誰都知道他肯定是個異鄉人。四九年之後的孩子不知道有多少叫「台生」的，不管是張台生、李台生、翁台生，他們的父母都才在兵荒馬亂中渡海而來，剛剛踏上臺灣的土地。

名字留下了紀錄，記載著一種機緣或運氣。她始終好奇著：「衡山的哥哥比我大四歲；如果我早生四年，那個被留在湖南鄉下的就是我，那麼今天就沒有龍應台，而有龍應湘。四十年後的龍應湘該是個什麼人呢？」

我的名字裡或許應該也有個故事，但那個故事，恐怕已經找不回來了。

三

我剛剛開始在國中教書的時候，遇見了大學時代的學弟，很有種「原來你也在這裡」的意思，彷彿認親。這對於師大畢業返鄉教書的學生來說，其實很普遍，但這次不一樣。

學弟原來姓林，但在學校裡，人人叫他「DEMO」。我本來以為這是他的英文名字，覺得還滿特別的，但看到課表之後，才知道自己完全弄錯了。實情是泰雅族的學弟恢復了自己的族名，叫作「鐵木．洛帝」，不知道與帕華洛帝有什麼關係？

那時陳黎還沒退休，拿鐵木的名字開玩笑，還寫了一首〈達達之歌〉：

小史圖亞特的父親老史圖亞特從來不認識的
瓦歷斯．鐵木的父親鐵木．洛帝，在部落裡
養了一隻狗，帶它去打獵，帶它去葬禮
帶它去城裡的便利商店買超大杯的可樂

然後我才知道，泰雅族嬰兒出生後，由祖父或父親取名，沒有姓氏只有名字，本名後連接著父名，表示血統的關係。這種命名方式稱為親子關係的連名制，通稱父子連名制。學弟的名字，繼承著他的父親，將來也會傳遞給他的孩子，一如他英俊魁偉，充滿著原住民特徵的容貌，也將代代傳遞下去。

他的名字，就是一部家族的歷史。

四

關於泰雅族的名字與文化，應該要讀讀瓦歷斯．諾幹的這首〈關於泰雅〉。

瓦歷斯．諾幹，漢名吳俊傑，早期曾以柳翱為筆名。省立台中師院畢業，目前任教於台中。他在就讀師專的時期即開始創作，熟讀周夢蝶、余光中、洛夫、楊牧等詩人的作品，後來因接觸吳晟的詩，對詩的基本觀點，有了極大的變化，開始注意到勞苦大眾的生活。隨著他更進一步認識台灣原住民族的社會處境之後，決定成為原住民族的作家。其後創立《獵人文化雜誌》，一九九二年改為「台灣原住民人文研究中心」，致力於相關原住民資訊的處理及事件的分析，具有文化、社會運動的性質。著有散文《永遠的部落》、《戴墨鏡的飛鼠》、《番人之眼》等，以及詩集《泰雅孩子台灣心》、《想念族人》、《山是一座學校》、《伊能再踏查》等。

瓦歷斯．諾幹的作品，不僅形式、題材豐富多元，內容也極深刻，反省原住民族的命運，發揚原住民族的文化。無論在質或量上，都可以說是台灣原住民文學的代表。這首〈關於泰雅〉，是他獲得一九九二年年度詩獎的作品。余光中說，這首詩主題明確，語言純淨，風格富於陽剛之美。詩中的各種意象皆就地取材，活生生取自原住民的真實環境，所以具體而踏實。

〈關於泰雅〉原為組詩，分成〈出生禱詞〉和〈給你一個名字〉兩部分，此處選錄者為第二部分〈給你一個名字〉。全詩四段，每段四行，皆以「孩子，給你一個名字」為開頭第一句，意象樸實，音韻自然，富含民歌複沓的感覺。

首段承接〈出生禱詞〉，是泰雅族嬰兒出生之後的儀式。聖簍是勇士出獵所必備，機胴則是婦女織布所必需，將臍帶安置在內，充滿父母對於子女的期許。而第二段則講述泰雅族父子連名制，在名字中自有代代相傳的意義。

第三段與第四段結構相同，皆敘寫對孩子的期勉。第三段要孩子繼承泰雅勇猛的傳統，第四段則要求孩子面對祖先必須謙卑。前者是個人的榮耀，後者是族群的榮光，雖有深淺之別，但個人和族群乃是一體，無個人即無族群，無族群則個人無所依附。瓦歷斯自注說，積極參與族群的群體功能，便是個人最大的安全與維持生活的保障，而這正是原住民生活型態的核心。

然而〈關於泰雅〉不只是一首描寫泰雅族人生活的詩，更是一種文化宣示，表現了泰雅族的家族文化傳承與歷史意涵的承繼。林于弘說，這首詩不僅僅是文學作品，同時也是社會學的資料和歷史學的記載。但我以為，與其將此詩看為某種資料或記載，或許我們應該好好想一想，屬於這首詩更真實的意義。

五

陳列在〈同胞〉一文當中是這麼說的：「他們殊異的文化有他們獨特的生存歷史和背景。我們不能用一般的價值標準和行為禮儀去衡量。他們有受騙被欺以及因狠勇抗日而遭集體屠殺的過去，因此他們變得戒懼而乖順。」這是漢族人看待泰雅族原住民時，一種試圖以自省檢視自我的態度。然而原住民們又是怎麼看待自己的呢？

我每每收看原民台製播的節目，聽他們討論族群文化、教育工作、社會議題等等話題。然而心中總不免是憂傷的，因為現代社會的本質，乃是以「去傳統化」為發展的動力。但是，人們想要在這個世界上安身立命，卻非得從自身的傳統中尋得真實的力量不可。

這兩者之間的扞格矛盾，需要人們更多的自覺，方有可能解決。我想，所謂的文化發展，總必須回溯自身，認清自身，知道自己是什麼樣的人，又有著什麼樣的可能，才能坦然前行。我不禁這麼想著，是否那回溯的關鍵，就藏在我們每個人的名字裡？

確實都藏著的。無論是家族、國族、種族，回溯的關鍵都在那裡。我們所秉持著，並降生於世的關鍵也在那裡。

那麼，可否容許我，請問芳名？

春暖花開

面朝大海，春暖花開

海子

從明天起，做一個幸福的人
餵馬，劈柴，周遊世界
從明天起，關心糧食和蔬菜
我有一所房子，面朝大海，春暖花開

從明天起，和每一個親人通信
告訴他們我的幸福
那幸福的閃電告訴我的

我將告訴每一個人

給每一條河每一座山取一個溫暖的名字
陌生人，我也為你祝福
願你有一個燦爛的前程
願你有情人終成眷屬
願你在塵世獲得幸福
我只願面朝大海，春暖花開

你還記得嗎？親愛的D，我們說會一直寫下去的。不管未來的際遇如何，不管是否能夠遠遠的為對方祝福，都要在文字裡找到安居。那是二〇〇六年的夏天，還來不及相互道別，我和你先後離開原先熱愛的生活角落，去到另一階段的人生展開新生活。我已經習慣飄飄蕩蕩，此心安處就是我的家。可是你好像遭遇大難，在感情的風暴中找不到方向。在此之前，我們一起讀了好多好多詩，交換彼此的心情。可是從來沒有一起讀過海子的作品，沒有好好看清他筆下詩的帝國、王位與冠冕。我一直以為，海子是上個世紀最值得懷念的天才詩人。他用自己的生命、活生生的身體，認識這個世界，也讓這個世界在他的話語中重生。

在冬日的苦寒裡，親愛的D，我終於又失去你的消息。我只知道，你也在台北盆地的某一角落，卻無從得知你的悲喜。一直害怕著，你沒辦法珍惜自己的天分，輕易的將它毀棄。不知道你是否依然又菸又酒，藉由麻痺感官獲得一點安慰與舒坦。我住的地方有山有河，偶爾在子夜可以看見濃霧瀰漫，萬事萬物都帶點不真實的感覺。短短不到五年時間，我承受著，一些人永遠的離去，心中有說不出的痛惜。

我深深相信，死亡是一種誘惑，悲傷是一種誘惑，無意義是一種誘惑。這些誘惑對創作者來說，是無法擺脫的體內病毒。要想全面的理解人性，就得正視生命中的黑暗區塊。村上春樹說寫作是不健康的活動，為了與黑暗力量搏鬥，展開了精神與意志的自我鍛鍊，開始跑馬拉松。別看他筆下的世界一片冷酷異境，充滿了虛無，背後其實有堅實的理念作為支撐。村上春樹希望他自己的墓誌銘是這樣刻的：「村上春樹／作家（也是跑者）／一九四九～二〇＊＊／至少到最後都沒有用走的」，這是一個創作者的自知白明，有一種腳踏實地的美。

但是在海子的詩裡，有強烈的浪漫主義色彩，情感與想像飛揚。寫詩對海子來說，不是辯術、修辭，是彌合萬物的唯一方法。他的人與詩，更接近了神話的境界。詩人是世界之王，是為萬物重新找到秩序並且命名的人。〈秋〉這首詩裡，清澈的傳達了這樣的概念：「秋天深了，神的家中鷹在集合／神的故鄉鷹在言語／秋天深了，王在寫詩」。所以詩人之死，不僅成了社會現象，也成了文化現象。在語言中尋找家的人，為什麼終究找不到家？三〇年代詩人杜衡說，「詩歌是一種洩漏靈魂隱祕的藝術」。或許在作品中，詩人的靈魂隱祕才能完整的留存下來。

海子，原名查海生，一九六四年生於安徽省安慶城外的高河查灣。他在農村長大，一九七九年（十五歲時）考入北京大學法律系，被視為天才。大學期間開始寫詩。一九八三年大學畢業後，被分配到中國政法大學哲學教研室工作。一九八九年三月二十六日，在河北省山海關臥軌自殺，附近有他隨身攜帶的四本書——《聖經》、《湖濱散記》、《孤筏重洋》和《康拉德小說選》。憑著煥發的天才、過人的創造力、敏銳的直覺，他在困窘貧乏的環境中進行創作。四、五年間，寫了兩百萬字以上，包括了詩歌、小說、劇本這些不同類型的文學作品。

〈面朝大海，春暖花開〉這首詩廣為傳頌，是海子的代表作之一。許多教材選錄這首詩，不僅是在向詩歌美學致敬，也是在向時代精神致敬。詩題中的春暖花開，四字的陳腔套語用在現代詩歌創作，原本俗濫之至。可是海子在這之前加上一個面朝大海的意象，語言頓時鮮活起來，也產生了詩意的矛盾、錯落。這讓人不禁要問，面朝大海，如何能看見春暖花開？莫非是人世中的幸福已經像海市蜃樓，再不可得？海子緊密的聯繫題目與內容，始終維持抒情的腔調，字面上處處顯露生之美好。幸福這個關鍵詞反覆出現，好像要提醒讀者幸福是如何讓人喜樂。實則是詩人內心不可得的願望，洩漏在字句中。

前兩節中，「從明天起，……」句式複沓，提醒我們當下的情境大概與句意中的美好倒反。因為當下不幸福，才期待明天能夠「做一個幸福的人」、「關心糧食和蔬菜」、「和每一個親人通信」。做一個幸福的人，在這首詩裡設定的條件其實很簡單，只是海子隱匿了文字後頭的故事。因為他不明說，才讓人平添想像。寫這首詩時，他的生命究竟遇到怎樣的困境，我們不得而知。但是可以從字句裡發現，一個承受痛苦的人，怎樣讓自己的靈魂發著永恆的微光。

從詩句裡找線索，或許可以拼湊出一個模糊的故事。從明天起才關心糧食蔬菜，是不是意味著詩人已經好長一段時間失去食欲？從明天起才和親人通信，是不是意味著他的痛苦無法告訴家人？那是即使說了也不會被家人理解的事？或者根本沒有意願要跟家人說？又或者他理想中的家，到底存不存在？「一所房子，面朝大海，春暖花開」呈現的景象，我的某個學生說在北海岸墓園所見即是。那是他親人埋骨之所，清明掃墓時面朝大海，同時可見山間花朵綻放、浪花一片片襲來。這不免是過度詮釋，卻極真切的帶出了死亡的意象。

所以他接著寫，若幸福到來，那閃電一般的幸福即便倏忽即逝，也要向世界宣告。他希望向世界訴說，相信語言文字還有溝通的作用。存在哲學這麼論斷，語言是我們的居所，是我們生命意義的家。找不到家的人，往往不是發瘋便是死亡。

第三節的開頭，句子拉得好長。「給每一條河每一座山取一個溫暖的名字」流露對溫暖的渴望，為事物命名可能暗示生活已經失序。秩序必須重組，溫暖必須喚回。求之不得，只好為陌生人祝福。「願你……」的句型一唱三歎，對他人的祝願，正好是自己心中最感匱缺的那一部分。燦爛前程、有情眷屬、塵世裡的幸福，這些日常語言呈現了一般人的人生目標，也同時含藏了海子的失落。所以他最後一句裡說：「我只願面朝大海，春暖花開」，「只願」兩個字是下得無比沉重的。

提出超人哲學的尼采，在《查拉圖斯特拉如是說》這麼寫道：「每個靈魂均有其各自不同的世界，對別的靈魂而言，則無異是另一個世界。」海德格說：「哪裡有危難，哪裡便出現拯救。」海子將自己靈魂的危難，隱藏在詩行中，表面一片光明溫柔。對這個世界的想法，他用非常日常的話語來表達，卻又超越了日常語言。複沓的句式，不僅開啟了音樂性，也開啟了意義的結構。跟幸福有關的意象群組，編織了理想，也加深了痛苦。這首詩的寫作時間，是一九八九年一月十三日，海子臥軌自殺前兩個多月。

海子的詩，可與八〇年代精神相互輝映。海子死後，懷念他的人，每年三月二十六日在北大舉行朗誦會以為紀念。陳嘉映的文章中提到：「海子自覺到了他的危機，他一直是想自我拯救的。包括他轉向印度史詩、轉向《聖經》（他臨終時帶著一本《新舊約全書》），都是他企圖走出自身、給自己尋找一條出路的表現。但某種推動的力量太強大了，他不停地旋轉，不停地自我實驗，乃至成了一種不由自主的狀態，無法歇止下來，無法為自己找到一個哪怕是暫時的立足之點。」親愛的D，我想要知道，你找到一個立足點了嗎？

在一個晴朗的日子，我親愛的那人打電話對我說，幾乎抵達死境，又回來了。回到這個世界以後，好一陣子木然。唯有思索要不要告訴我這事的時候，心會痛起來。我聽著遠方的哭聲，也忍不住流下淚水。想起茨維塔耶娃寫給里爾克的信裡說：「我需要一個迴音的空間。單獨只有心臟，那跳動聲音一定是沉滯無法聽清的。」心與心之間，心與世界之間，需要迴音的空間。

我滿心期待著，冬天就要過去，春天花會開。

寂寞的季節

大翅鯨的冬日旅程

許悔之

從長長的潛行中浮起
我為你噴出快樂的水霧
虹彩懸掛著
若有似無
時間進入屏息的倒數
馬上就是一月十九日
我的夢就從南太平洋起身
甚至忘了

忘了應該覓食
這體腔內的鳴唱
單純而穩定，放送
向幾千哩之外
我為你不斷噴出快樂的水霧
提醒海洋所有的生物
啊這是歡喜
這是激動無比的慶祝

海洋那麼遼闊
也那麼孤獨
甚至我們常常感到
應該迷路
所幸體內的脂肪
足夠支持一整個冬季的航行

那麼，想念是最形上的優雅了
我不斷為你噴出快樂
快樂的水霧
並且逐漸地接近你
要凝視你裂傷的唇
要輕拍你痠痛的脊骨
我要送你一大片海洋
那湛藍的大鏡子
把我們的命運
照得清清楚楚

我接近了你
在偌大的海洋中
你的一滴眼淚
顯得無比無比的奢侈

史蒂文斯說：「沒有翅膀能像意義那樣飛翔。」

我以為，特別是在寂寞的時刻，沒有翅膀能像意義那樣飛翔。但我還是不明白，究竟是看見世界無比巨大才自覺孤獨渺茫，或是因為棲遑無依於是更感到天地空闊寂寥。人這種動物，生而孤獨。在孤獨面前，人人平等。只要活著，我們不免要承受寂寞的重量，並且渴望意義的慰藉。陳子昂念天地之悠悠，獨愴然而涕下。蘇東坡在水月江風之間，辯證生之須臾與無盡。曹雪芹則是讓自己小說中的主角走進一片白茫茫，大地真乾淨。村上春樹《海邊的卡夫卡》中，讓一個少年去完成寂寞無倫的遠旅。這一切一切，都慰藉了我，讓我知道每個人的寂寞何其不同又何其相似。那都是此心與外在事物之間，有了或遠或近的距離，我們因為距離感到了寂寞。

然而真正的寂寞，或許也是無從安慰起的。那種感覺是自我與外在世界的強烈疏離，彷彿被造物主遺棄的絕對悲哀。於是想要有一個穩固踏實的庇護所，為自己擋去八方風雨，驅除虛無以及淒涼。我調職離開花蓮以後，有一長段時間依舊保有美崙濱海的小屋。每個月付貸款，假日從台北搭火車回去打掃，用一個足堪信賴的空間護衛著心靈。風日俱好的時候，我總是將陽台的落地窗打開，讓海風吹進來，看陽光斜斜照耀在社區庭院的小葉欖仁上。我想這不只是一個居所，還是一種意義上的家。我可以獨自居處其間，自由完整得好似沒有匱缺，不需要多餘的言語，也不必應付任何令人勉強為難的人際交接。閒來信步走向北濱，偶爾停留在曙光橋上眺望太平洋。

面對大海的時候，似乎可以忘卻那些令人感到寂寞的處境了。

寂寞的人往往知道，心能容納許多許多，卻容不下一個真實的自己。愛與生的苦惱，大概就是如此。一度以為，自己已經找到了最可以聲息相通的人，彼此可以成為生命的一體。掌心對著掌心，呼吸著彼此的呼吸。那些未曾說出的話語，可以用眼神交換。而所有的祕密，皮膚都知道。只不過，靈魂與靈魂之間，終究還是隔了一層皮膚。皮膚既是與世界溝通的媒介，又是最精密無比的阻隔。有一天我發現（或該說是承認），已經不只隔著一層皮膚了。自我就是差別，曾經緊緊相依的心分別成兩個自我，就再也不是我們了。

再也不是我們了。我其實極度害怕，在城市生活中擁擠又窒悶的愛情。即使盛夏陽光熾烈，心情卻像陶喆〈寂寞的季節〉裡唱的那樣：「風吹落最後一片葉／我的心也飄著雪／愛只能往回憶裡堆疊／給下個季節」。歌詞背後若有故事，有可能是想見不能見的傷痛，也可能是相對無言的孤寂，更可能是說了許多許多卻始終無法觸及意義。在試圖理解他人與渴望被他人理解的時候，突然看見了風中飄飄墜下的木棉，思緒的大雪紛飛。木棉樹歧出的枝枒一片光禿，毫無能力挽留什麼。

花蓮的屋子賣掉以後，我頓失受創時候的庇護所。能夠安安靜靜的待在自己的屋子，哪裡也不想去，確是人間至福。擁有它再失去它，像是自己的情感也被硬生生割裂。至今每次回到花蓮，總是刻意避免經過舊時家屋。生命中最寂寞的時候，我隻身站在寒流來襲的夜裡，從馬路上望著我所喜歡的人家屋窗口發出暈黃燈光，什麼也不能做，只有靜靜的佇候著。佇候著一種絕望，因為知道不會有未來。腿痠腳麻那時終於領受，寂寞是一種根源性的苦惱。我們浮沉於人世，一如海洋世界中的鯨豚——沒有名目的追逐，至死方休的孤獨。偶然的交會中，用微笑回應微笑，用淚水報償淚水，已經非常難得。更難得的是在生命的實境裡，寂寞的人創造出故事，故事生發出意義，意義帶領我們飛翔。

高明的人總是能將寂寞藝術化，賦予意義。美學家克羅齊認為人類知識可分為兩類，一種是源於理智邏輯，另一種則是出自想像直覺：「藝術把一種情趣寄託在一個意象裡，情趣離意象，或是意象離情趣，都不能成立。」許悔之《當一隻鯨魚渴望海洋》這本詩集裡，使用完整且有系統的海洋意象群組，建構出一個意義的世界、藝術的世界。

許悔之，本名許有吉，台灣桃園人，一九六六年生，台北工專化工科畢業。曾任《自由副刊》、《聯合文學》主編，現為出版社負責人。著有詩集《亮的天》、《當一隻鯨魚渴望海洋》，散文《眼耳鼻舌》、《我一個人記住就好》。許悔之的〈大翅鯨的冬日旅程〉和〈大翅鯨的夏日歸程〉兩首詩，可以比並來看。其中的出發與回歸、遠離與靠近，或許重點不在於大翅鯨的物種天性，而是人性的借喻、代換。在系列作品中，詩人筆下的「我」，以大翅鯨的眼光、觸覺感受巨大的海洋世界，討論孤獨，寂寞，憂傷，以及什麼才是永恆的追尋。其中最重要的意旨，不在於大翅鯨本身的生活習性，而是藉此關涉人的生存、人的處境，點出人的某種生命現場。許悔之開啟的海洋世界圖象，像是一種召喚，引領讀者縱身悠游，在人與鯨的換喻中獲致感動。

威爾遜《阿克爾的城堡》中提到象徵主義詩學的原則是：「去暗示事物，而不是清楚的陳述他們。」〈大翅鯨的冬日旅程〉便充滿了暗示。詩中的一月十九日，或許詩人別有寄託，然而讀不明白亦無所謂。戴望舒〈詩論零札〉提到：「詩應當將自己的情緒表現出來，而使人感到一種東西，詩本身就像一個生物，不是無生物。」就這樣的觀點來說，詩人的情緒包藏其中，我們於是分享了「最形上的優雅」：大翅鯨的寂寞旅途中，「不斷噴出快樂的水霧」，「接近」，「凝視」，在在充盈著善意與虔敬。張小虹《身體褶學》如此揭露：「眼睛會看，嘴巴會笑，耳朵會聽，有身體就有流變，有摺疊就有記憶，沒有固定在家的身體，一如沒有無法盤旋迴繞的追憶。」化身為鯨的詩人，終於接近了對方，用一滴眼淚證明了一切，當然也是無比奢侈的。

讀這首詩的時候，音韻節奏不疾不徐，那是因為詩人寫得相當節制而優雅。押ㄨ韻的部分，更讓聲音抑鬱內藏。自我投射的結果，是看見了海洋的遼闊與孤獨。而不斷不斷噴出的水霧，或許帶有性暗示。不過，大可不必拘泥在此。噴出水霧，我以為象徵了感情的能量，也藝術化了孤獨的存在。

許悔之這本詩集中另有一首〈終旅〉，或許可以與這首詩相互發明：「我並不打算告訴你／游過幾個海洋／躲過幾次追捕／那些，都太瑣碎了／但我曾在剎那浮出海面時／被冰原日照所灼傷／海洋太遠太遠了／仁慈的你／莫為了一次死亡而感傷」。畢竟都是來自心海的消息啊，這一類作品撩動了我的心弦，讓我照見命運。多煩憂的日子裡，那種巨大的寂寞，不斷的幻化變異。向死而生的人類命運裡，藝術終於是一種治療。

每當我覺得寂寞，在這樣的詩作中，便可潛入意義的航行，與美麗的思想相互溝通。或者，為自己規畫一次出走，走到一處可以安放情緒的角落。我曾在淡水河岸望著一樹春櫻，也曾在民宿玻璃屋中望著星空睡著。驅車直至日暮途窮，掉轉了方向又是一條嶄新的道路。最美麗的記憶，應當屬於那個鐵砲百合盛開時節。是K陪著我坐在山與海之間，吃她親手做的壽司，領略飽滿的生之悅樂。K說她要好好做自己了，我說我也是。我們的笑聲，與浪花一樣遙遠。

我們終於走進了第五個季節，知道莊子〈逍遙遊〉說的：「北溟有魚，其名為鯤。鯤之大，不知其幾千里也。化而為鳥，其名為鵬。鵬之背，不知其幾千里也。怒而飛，其翼若垂天之雲。」我張開一雙翅膀，俯瞰著從前與當下的悲喜，自由得無可言說了。

如果遠方有戰爭

有信仰的人

凌性傑

從此我需要一場神祕的聖戰
讓不安的靈魂得著信靠
要有一座天空，祝福環抱
完整而無遮蔽的藍
風中有和平的信息
塔頂的大鐘也被敲響

我還要有一種思想，乾淨的

一種信仰，在炮火覆蓋的此城
成為一種力量。我要有主義可以
奉行，像每一隻蛾撲向牠願意親近的光
先知躺臥在墓園，雜草任意生長
要有希望與愛的時候，就有了
希望，愛是橄欖枝葉不斷伸展
鴿子奮力飛翔
鷹隼盤旋在大河沿岸

我要按時修剪自己臉頰的髭鬚，
歧出的思想。按時趴跪在真理之前
辨認魔鬼與主上，光明或黑暗
唇上綻開經文，有玫瑰氣味的誦詞擴散
啊，歡喜，快樂，為著義人的義而讚歎
父親訓練我不懷疑，做人要正直勇敢

聆聽遠方傳來的亮光，一切真實無妄
即使仇敵有虎豹的爪、餓狼的牙

患難之日我想念親愛的媽媽
親愛的乳汁飽漲，洗滌我的憂傷
她餵我葡萄乾果，我偏愛鮮搾的櫻桃
所謂美好人生那麼甜那麼酸
無所謂恐怖不恐怖，我有熱血流盪
乾燥的田野罌粟花漫無目的盛放

拉上面罩我有一顆清潔的心
就是這個時候，槍已經上膛
就是這個時候，我把自己充滿
我已經把自己充滿

我們的心會奪回那一片土地，讓鴿子回到地上的石床。
啊！在地球的盡處，在我的心裡，睡著了的同胞，願和平降臨你們身上！
——馬哈默・達維希，〈在坡上，高過海洋，他們睡著了〉

困在壅塞的車陣裡，最後一抹晚霞的餘光將天際塗成黯淡的輝煌。繁華的暗影籠罩整座城市，流麗的霓虹燈裝飾著這島嶼溼冷的冬季，彷彿一切溫暖安然，人們居處其間，能夠毫無顧忌的消費生命，成就文明。每當這個時刻，回家變成了一趟漫長的旅程，我便無端感到憂鬱，又為了自己毫無道理的哀傷，而覺得無比可笑。喇叭起伏震響，車流斷續前進。天色不斷變暗，轉眼已是一片墨藍。

親愛的Ｌ，我想你是懂得的。在你敏感早慧的心裡，必然也和我一樣，對於這個看似美好的世界充滿懷疑，懷疑它真實的形貌，懷疑它會不會在下一刻瞬間崩毀，變成一片斷瓦頹垣，滿地裡無可收拾的荒涼。若在往日，這樣的想像不免會被斥為無稽，是少年過度發達的想像力作祟，也可能是憂鬱症發作的前兆。但今日想像成真，當我打開收音機，試圖藉著時下流行的靡靡情歌消磨過剩的心情，卻聽見電台裡新聞播報印度遭受恐怖攻擊的消息。恐怖分子入侵孟買兩家五星級旅館，攻擊英美與以色列遊客，造成數百人傷亡。他們並且攻擊了孟買市內的高級酒店、餐廳、警察局、擁擠的火車站、醫院及其他地點，宛如印度版的九一一事件。

看著窗外這個繁華靡麗的城市，我彷彿看見居住在城市中，為了生活匆匆奔走的人們，他們或許並不知道，所有城市文明的基礎，竟然如此脆弱。一個國家即使擁有了強大的軍事武力如印度者，一旦面對恐怖分子的威脅，除了事發時的應變、事後的挽救與重建，並沒有任何預防的方法。擁有百年歷史的泰姬瑪哈旅館烈焰沖天的畫面，將隨著新聞轉播進入世人的眼底，令人不能不回想起二〇〇一年，世貿雙子星大樓在騰騰的黑煙中轟然坍毀的場景。那恐怖的景象確切地說明一件事：世間一切俱不堅牢，戰爭隨時可能摧毀我們的生活，而這就是恐怖主義要告訴世人的事——威脅確實存在。

親愛的L，說來你也許不相信。我聽著電台的新聞報導，居然忍不住一邊流淚，一邊咒罵。我是真心誠意地咒罵這些意識型態，咒罵這個以宗教為名，卻不可思議地散布仇恨的恐怖組織，彷彿這就是一切混亂的原因。然而我很快就發現自己錯了，我們太容易被單純的憎恨所引誘，從而深入一去不回，但真相何在，似乎並沒有人關心。唐諾說，意識型態基本上來自於人們的不耐煩，不耐煩在理性世界裡找解釋，只好放肆於一種超越，但那種超越再沒有任何現實的規則可循，最後所能憑藉的，除了激情、直覺，便是認定了就不回頭的信仰。

換句話說，如果意識型態和信仰結合，所生出的力量，必定沛然難禦，像是《聖經》上所說的，若是有一粒芥菜種子那樣大的信心，要拔樹移山都能成就。但問題是，要有多大的信心，才能讓人重死輕生，變成妖魔？又或許，變成妖魔的並不是他們，而是住在我們心中的另一種意識型態？

〈有信仰的人〉是我的朋友凌性傑的作品，這首詩得到二〇〇六年台灣文學獎的新詩首獎。路寒袖在評審意見裡說，這是一首非美國觀點的詩作，試圖揣摩恐怖主義者的內心世界，提醒我們設身處地的感同身受，方能釐清仇恨的根源，進而化解對立。性傑在這首詩裡化身為一個懷抱著信仰的青年穆斯林，將青年執行恐怖任務前的心路歷程，做了一次完整的呈現。詩的首段這麼寫道：「從此我需要一場神祕的聖戰／讓不安的靈魂得著信靠」。

青年的靈魂為何不安？從他所祈求的事中可見端倪。他渴望一片完整無遮蔽的藍色天空，渴望風中傳來和平的鐘聲，如同每一個想像的他方。對於我們而言，那不過就是日常生活，抬頭看天，傾耳就聽見風聲吹響，人們對於孩子的未來充滿祝福，祝福他們能夠安然長大。但對於青年而言，竟卻是遙不可及的事……

戰爭，戰爭的陰影揮之不去，成為他心中仇恨的來源。根據國際特赦協會的調查報告，從二〇〇〇年到二〇〇四上半年，以色列軍隊在加薩走廊共毀掉兩千一百五十間房屋，局部摧毀則在一萬六千間左右。來自香港的資深記者張翠容在《中東現場》一書中說：「只要人在加薩市，便會感到那一股揮之不去的怨氣。無論走在大街或是陋巷，都會看到貼在牆上的『聖戰者』、『殉道者』海報，還有大幅的壁畫，血染一片，上面寫著：復仇！」

是以復仇的念頭大肆進擊，吞噬了生命。但它最初不是起源於一個單純的信念嗎？於是青年渴望一種主義可以奉行，可以有希望和愛；於是他修整歧出的思想，努力辨認所謂「魔鬼與主上，光明或黑暗」。對青年而言，究竟誰才是魔鬼？

諾姆・喬姆斯基在《失敗的國家》一書中寫道，二〇〇四年十一月，美軍對伊拉克的法魯加發動第二次大攻擊。攻擊進行時，記者在當地報導了受害者的悲慘命運：「有些家庭有孕婦和嬰兒，想逃也逃不了。還有很多一命嗚呼，因為叫他們逃跑的士兵已經封鎖城市，切斷了對外的道路。」

啊！巨大的正義的美國並不存在。對青年來說，他只是相信父親所說的：「做人要正直勇敢／聆聽遠方傳來的亮光，一切真實無妄／即使仇敵有虎豹的爪、餓狼的牙」，勇敢面對自己的內心，但他的內心此刻，恐怕只有仇恨了。

親愛的L，我相信你讀到這裡，心中必然充滿疑惑了，因為詩人的語言是如此溫柔，並且藉由押韻和字音的平仄起伏，讓字裡行間充滿了音樂性，使人完全感覺不到一絲恨意。的確，在接下來的段落裡，性傑這麼描寫青年在出發之日的精神狀態：「無所謂恐怖不恐怖，我有熱血流盪／乾燥的田野罌粟花漫無目的盛放」。

患難之日，其實也就是殉道之日。再怎麼堅強的人，遇到犧牲生命的時刻，也無法不想起賦予自己生命的根源。於是他想起母親，想起曾經享用過的，來自於大地豐饒的物產。詩人用了櫻桃汁的意象來隱喻鮮血，但鮮血卻不是一般人印象中的腥鹹，卻是既甜又酸，彷彿青春人生，以及纏繞的種種憂傷。那憂傷遠遠超出了我們的經驗範疇，不是少男少女說不出口的愛戀纏綿，而是將人生與種族的命運綑綁在一起，明知一去不回仍卻堅持犧牲的心念。漫無目的盛放的罌粟花，更暗示了那是有毒的思想，也是一種自我麻醉的心態。

全詩的最後，青年終於要出發去執行恐怖任務了。他拉上面罩，把所有不相干的想法都清掃乾淨，「就是這個時候，槍已經上膛／就是這個時候，我把自己充滿／我已經把自己充滿」。就在這個時刻，他脫離了人的身分，化身為一場聖戰當中的武器。看似無比乾淨的字句，內裡卻充滿了無比恐怖的力量。

但，親愛的L，所有為這些衝突做的單純的解釋，其實都充滿可疑的企圖。二〇〇八年去世的學者杭亭頓在《文明的衝突與世界秩序的再造》一書中，指出西方不僅要擔憂伊斯蘭基本教義，更要擔心伊斯蘭本身。因為他們的信徒一方面懷有優越感，另一方面又為了自身的衰落而備受挫折，所以對西方的文明百般挑釁。但著有《東方主義》的學者薩依德說，文明衝突理論就像世界大戰一樣是譁眾取寵，只會強化人們防衛性的傲慢自大，「卻無助於批判性的理解我們這個時代中，複雜的相互依存關係。」

那麼，雖然這首詩外表看起來像是歌頌為理想犧牲的戰士，又像是批判了恐怖分子，但詩人只是呈現青年的內心，將詮釋的權柄留給了讀者。詩人不需要控訴與吶喊，不落於教條與制式的思維，當我們閱讀這首詩，心中自然會有批判，從而回頭審視我們自己的思維和認知。

你信仰宗教嗎，親愛的L？或許你和我一樣，平日不燒香，但遇到事態緊急，不僅僅是佛腳，天地眾神的腳都會抱上一抱。像我們這樣的人，恐怕很難理解信仰究竟是什麼，更難理解在另一種文明裡，支撐他們生命的力量是什麼。那麼L，和我一起讀這首詩，或許我們就能抵達約旦河彼岸的那個世界，擁有更開闊的心胸，更寬廣的視野。

如果遠方有戰爭，親愛的L，但願那只是如果。

讓整個世界綻放

愛與寂寥都曾經發生

李長青

印象中的長青一直是帥氣的，他的人與詩都散發一股偶像氣質，優雅而令人喜歡。我從長青的第一本詩集《落葉集》便開始關注他，持續閱讀他的創作成果，頗能明白他對詩的一往情深。得獎無數的他，始終保有一顆真摯的詩心，在生活的皺褶中記下那些愛與寂寥。他的語言技巧圓熟，幾乎沒有什麼題材不能寫。更讓人敬佩的是，長青的創作跨越華語、台語，在不同的語言系統裡建構出專屬於他自己的心靈世界。此外，他編選的散文詩選輯也蘊含獨到的品味，寄託了對詩的看法。

我以為，文學作品可能形式各異，但都負擔了傳達與溝通的任務。所有語文形式中，詩可能不是最有效益的溝通形式，但卻是最具美感的溝通。這份美感既來自於字句音韻，更來自於虔敬真誠的愛意。對世界實有所愛的人，就會喜歡詩。以詩的形式理解自己、理解他人、理解世界，這過程就是最大的報償。寫詩的時候，最大的受益者就是自己。

《愛與寂寥都曾經發生》收錄的作品，呈現了最典型的李長青，他透過詩與世界的對話，語句乾淨簡潔，用日常生活語言道出了一種超越的美學。詩集裡的這些句子彷彿星光閃耀，讓人神往：

「愛與寂寥都曾是／神秘的星球／潮汐著，生活的歧義／悅耳動聽肅穆
淡然／都曾是無盡華麗的發音」

「當生活的紛擾／與皺摺，一次一次／讓沉默的擁抱熨平……」

「持續注視心中／透徹的遠方，所有陌生的／聲響，讓整個世界綻放」

諸如此類的概念與聲音結構，極具穿透力，輕易便能撥動讀者的心弦。一個創作者苦心經營之下，如長青的詩句所述，是可以讓整個世界綻放的。

儘管與長青無法常常相聚，但是每次碰面都是無比熱切興奮，想將心裡所有事都說給對方聽。我認定的男性情誼往往如此，即使多年不見，也不會減損對彼此的喜愛。尤其難得的是，我們有默契地彼此珍惜，傳個訊息、撥通電話就能相互慰藉。與長青談話的時候，呈現的是一種未曾出現在作品中的詩意。我們嘲弄生活、對悲傷的事幽默以待，長青即便說出再怎麼言不及義的話語，都可以成為帶有詼諧趣味的詩。

這本《愛與寂寥都曾經發生》收錄的作品，大抵可以看出長青努力的軌跡。我喜歡某些詩後面的附記，讓我們更能理解一個詩人是如何熱愛他的語言世界。我喜歡這本詩集的澄澈敦厚，以及滿滿的眷戀。這或許也正是李長青與他的詩最迷人的地方。

啊，生活

C'est La Vie——在島上

吳岱穎

如果我們之間失去聯絡，在一個下著雨的夜晚
如果你記得生活的一切密碼，而我記得你的名字
在那座看不見泥土的山丘，你會把傘打開嗎？
你會把傘打開，並且為我遮擋帶罪的淚水嗎？

如果我曾被放逐，又回到你的身旁
在開始革命之前埋下我的彈藥，讓手槍生鏽
你能接受我背上的鳥群，為牠們預備屋舍嗎？

你能寵愛牠們如同愛惜自己的影子，並且餵養牠們嗎？

牠們飛過野火纏身的垃圾場，流浪在
大教堂的鐘塔和孤兒院的屋簷之下
牠們練習模仿手風琴的呼吸和旋轉木馬的升降
也學會頂著魔術師的帽子跳佛朗明哥舞，啊！生活！

你看見牠們肩上美麗的槍傷了嗎？別擔心
那些動盪都會化作給我們的寓言，給我們的歌
每一個音符都會因此擁有重量，擊穿我們的信仰
即使我已經乾涸，流不出一滴眼淚，一滴鮮血

我們即將分開，搭乘不同的列車，我們分開
穿過每一個兩兩相異，又無比相似的平原
讓折翼的鴿子帶走橄欖樹的春夢，越過洪荒

教你在遠方揉碎月桂樹葉，有懺悔洗劫你的眼角

別擔心，我們即將分開，像你的神曾經告訴你的那樣
因為夢境無法永遠睡在同一張床上，我們即將分開
我會在夜裡投下燒夷彈，照亮每一座虛構的坑谷
如同你曾經流淚關上的那些畫面：最後的激情，和死亡

如果此刻你從夢中醒來，別擔心，我們已經分開
各自生活在戰爭不願造訪的城市，為了微笑奉獻
如果你看見窗上的倒影你要想起這一切：分開
直到世界崩毀倒退，還原成我們曾經居住在其中的模型

我總是在想，怎樣的生活才算幸福？

二〇一〇年六月，與林達陽在淡水的有河書店對談。新書分享會上，我們一邊喝著啤酒，一邊聊著各自的新書。當我抱怨起生活中的小鬥爭，達陽便說他們一群雄中畢業的同學學弟其實好羨慕我這個學長。用他們的話來說，我「偷走了」許多人的人生。那偷走的意思是，我過著他們想過卻無法實現的生活——順利的保送大學、甄試進碩士班，順利的考取教職，順利的出版自己的作品，隨心所欲的飲食玩樂……。這一切，不都是很幸福的嗎？而且，我一個人占有了許多人可望不可及的幸福啊。我對著達陽攤手一笑，無可奈何的暫時同意他的說法。

我常常覺得，現代人是很容易遭遇不幸的。活在層層體制規範中，有如身陷網羅，往往不得逃脫。從幸福感來說，時代轉變，現代人對「五子登科」有了新詮釋，提出了新的價值思考。不過，那似乎也意味著，世俗認定的圓滿與個人認定的圓滿不一定相吻合。如今，五子這個詞彙已脫離傳統意蘊，指的是一個男人（當然這是男性角度的幸福觀）要擁有這些才叫幸福：妻子、兒子、房子、車子、銀子。活在這種價值觀底下，要輕鬆快樂確實不容易。我同世代的未婚男女，與這類價值模型相抗者所在多有，這也引發了生活中的小革命。所幸，這些都出不了大亂子，只是閒來鬥嘴的道具。比較令人擔憂的，是個人的幸福失落之外，集體的幸福也不可求。二〇〇八年全球金融海嘯來襲，不是哀鴻遍野嗎？電影《奔騰年代》敘說的，不正是經濟大蕭條對個人生活的重大破壞嗎？

我恆常期待所謂幸福，是個人與集體可以相互成全：整體環境的優裕舒適一如古籍所說的大同世界，個人的天賦可以良善發展，理想可以靠著努力來實踐。只不過，當我們結束了一天的工作回到家中，只消打開電視就可看見許多的不幸。地球上遙遠的角落，看似與這個島嶼無關的烽火兵燹、水患風災、火山爆發、種族屠殺、海盜肆虐、疾疫蔓延……，其實正在以不同的形式影響著我們的日常生活。與我們的日常貼近一點的是，焦慮，無意義，為生活瑣事操煩不已。島上的我們，常常無法避免煩躁。不一樣的身分職業，面對著同一個時代，發展著自己的煩躁。

這時不免想起，二〇〇五年春天自縊身亡的藝人倪敏然。他生前曾說過，人生三大不幸是：少年得志、中年潦倒、臨老入花叢。而這一切，他都經歷過了。

年輕時追求功成名就而不迷失自我，確實太難了。中年失業的打擊，更足以摧毀一個人的自信。晚年陷入情欲的牢籠，那是心有餘而力不足了。他曾經那麼風光的站在舞台上受人喝采，中年潦倒後又東山再起。一個男人該有的氣魄，或許他都擁有過了。只是，關關難過，最重要的還是自己這一關。

啊，生活。

如何才能更本真的活著，讓一切如其所是、是其所是呢？朱天文的《巫言》為我們展演了精神錯亂的臺灣，駱以軍的《遣悲懷》、《西夏旅館》更是光怪陸離。然而，我們島嶼上的現實終究比小說更冷酷，無法一哂置之。瑣事、怪事多如牛毛，幾乎構成我們生活的整體。不獨島民如此，大洋彼端的美國人一樣有著相同的困境。在生活的夾縫中，難的是我們如何告訴自己，一切都是有意義的？

約翰·厄普代克「兔子五部曲」系列小說幾乎就是二十世紀後半葉的美國社會史，男主角兔子先生直可視作美國中產階級男性代表。在兔子的人生經驗中，充滿了男性的焦慮，他必須面對事業的競爭、性愛的追逐、親子關係的破裂……追求自我實現的同時，迎面而來的卻是一再地失落。所有光明偉大的美國夢，所有美國人信之不移的價值，其實都在毀壞之中。看著他從一個身形俊偉的青年籃球選手，變成一個腦滿腸肥的中年企業家（尤其諷刺的是他置身於豐田車業的行列），不免令人唏噓。他與妻子各有外遇出軌的紀錄，甚至因為夫妻失和造成女兒意外過世，唯一的兒子期望走出自己的自由大道，現實生活卻彷彿在複製父親的人生軌跡。

《兔子富了》是系列小說第三部，兔子外遇後回歸家庭，接手岳父的事業，邁向世俗認定的成功之路。然而，中年危機來臨，老與死就等在前頭，有錢有閒的他，或許仍渴望著自由與冒險。我一直認為，人不可以無夢想。兔子在小說中過的，其實是一種無夢想的生活。衣食無缺之後，更多的是情欲的橫溢。食色性也，但人生如果只有對食色的願望，那也太悲哀了。難怪在這書中，厄普代克寫得沉痛又傷感：「從某個角度來看，世上最可怕的是你自己的生命，它屬於你而不是任何人。」

近日讀到這些無奈的生命故事，總讓我想起吳岱穎的詩。吳岱穎是臺灣師大國文系晚我一屆的學弟，一九七六年生，台灣花蓮縣人，師大國文系畢業。曾獲時報文學獎、林榮三文學獎、花蓮文學獎等，現任教於台北市立建國高中，同時也是建中紅樓詩社的指導老師。在同世代詩人中，他特別注重詩歌的思想與音樂特質，在詩歌朗誦方面功底深厚。或許與曾經學習聲樂有關，他的詩往往帶有強烈的音樂感，四聲變化、節奏快慢之中就是一個意義的宇宙。

這首〈C'est La Vie——在島上〉，是二〇〇四年時報文學獎新詩首獎作品。全詩分為七節，每節四行，詩人試圖用一貫的節奏、語氣，訴說生活中不可承受之種種。主標題使用法文「C'est La Vie」，意思是「人生如此」或「這就是人生」。副標題「在島上」既可落實來看，亦可將島視作一個孤絕存在的意象，而整首詩的關鍵就是一個「在」字。岱穎寫這首詩的時候，臺灣島上面臨各種困境，政治、社會、經濟、外交、教育……呈現一種窒悶感，加上媒體鎮日喧擾，在在令人不安。我認為岱穎這首詩，除了觀照個人的生活願望，同時也抒陳了對世界的看法。

詩的結構端整，長句堆疊鋪衍出鬱悶感，異國意象、歐化句法（或可說這也是全球化的一部分？）拉遠了時空產生了距離美感。大教堂、鐘塔、孤兒院、佛朗明哥舞、魔術師、鴿子、橄欖、月桂……這些意象快速變換，彷彿頻頻按下遙控器擷取世界的片段。生存在其中，飽受威脅的我們，竟是如此渴望：「直到世界崩毀倒退，還原成我們曾經居住在其中的模型」。前兩節與最後一節，「如果」一詞反覆使用，兩相對照提比了現實與想像。這世界有醜惡、有美麗，即使詩句語意朦朧曖昧了些，我們還是可以解讀出生命的況味。這首詩揭示了人性美好的質地，提出現代人對自己生存情境的反省。流淚、懺悔、微笑、奉獻，因而變得彌足珍貴。

吳岱穎在另一首詩〈回函：致拉撒若夫人〉中寫著：

「lo fei giubbetto a me delle mie case，」*
「一個瓶中的世界。」我說

我多麼熟悉你會怎麼說
掏出鑰匙轉動門鎖後
回頭輕輕說你也在
這裡，這絕對不是巧合
當命運帶我們抵達

堆積的衣服與碗盤

每一天的晚餐時刻
我們相對而坐
兩個人，兩道陰影在背後
貼成同一張地圖

我們是這麼走過來的
當疲倦鉤住肩膀
慾望在溫熱的洗澡水裡暖熟
膨脹，浸泡至浮腫而蒼白
潮溼的肥皂味，燥熱的菸

我讓荒瘠的花圃
長出番茄與黃瓜，讓你種植我
在不常到來的下雨天
讓歡樂種植在半瓶威士忌裡

用酒精寫日記，用一枝枯朽的筆

在我的後見之明裡這一切
顯得如此理所當然啊再沒有
任何可以討價還價的空間
彷彿愛情和性在超級市場裡
陳列販賣，彷彿他們住著

如此理所當然啊並沒有任何
毒販、軍火商、皮條客
在我掌心留下電話號碼
（我終於知道他們其實是同一種人
都是我的家人……）

「在我們的沉默裡……」我的沉默

是一條潛艇，用聽不見的聲音
探索世界而世界從未抵達夏天
「一切多美好。肯定是」一切美好
在單薄的二月，房間有蘋果的氣味

這時候我已遠離戰爭
練習修理這個損壞的世界
打電話給每一個號碼
乘著遙控器穿梭在購物頻道之間
我讓自己忙碌

讓自己看起來透明
讓你看見我肚腹裡一隻
蝴蝶正揮著翅膀上下飛舞
為了每一個清醒的明天

所做的種種努力

在詩裡，詩人確切的點出了現代生活的困境。而自我救贖是否可能，關鍵或許就在於那一滴清澈的眼淚。

我非常同意角田光代在《我喜愛的歌》中說的：「隨著年歲增長，我愈加體會成年人確實能決定大部分事情。……我還是非常慶幸自己成了一個會哭泣的大人。」「時而哭泣，時而憤慨，時而得意竊笑，時而牽著某人的手，時而放掉，時而搭公車，時而倒睡路旁。不論以什麼步調節奏，選擇哪種現狀或現狀中的夾縫；不論在現實生活中做什麼事，都是出自我們自己的選擇。」無知無感的人生，終究是不值得活的。面對世間萬物，能夠自我選擇，能夠感動流淚，便是莫大的幸運。

＊詩題援引自美國女詩人普拉斯詩作〈拉撒若夫人〉（Lady Lazarus）。但丁《神曲》中，佛羅倫斯的無名氏自殺的理由：「lo fei giubbetto a me delle mie case」意為「我把自己的家變成一架絞刑台」。

愛的長泳練習

泳

林婉瑜

告訴你一個祕密
我想掙脫所有束縛，朝你游去
用自由式規律、穩定的姿態
或仰式面對天空
順便說服雲擺脫風的桎梏一起去，找你

成為什麼樣子了？記憶中你是魚
隨心所欲撥動水流海浪，到任何地方

負載另一個人是否拖延你進度，耽誤你去向
記得你說，用精準角度把手切入水中
畫開兩個世界像紅海，就能出現一條順遂的路
往心之所欲，我該站在被你切開的海的哪一邊？
學你伸手推水，對抗隱形巨大阻力，使身體前進
窘困時側臉攫取一段飽滿空氣
再回水裡小心適切地，把哀愁二氧化碳
吐給海，如此重複再重複（能到你身邊嗎）

或不再用力了，身體放空交付水面
相信它會撐起我托住我
如一厚實富張力之手掌，引我前行
仰躺的我像一張浮萍安靜祕密地移動
經過許多風景、故事、暗礁伏流（就要到達嗎）
我已觀察一下午雲的遷徙及天色飽滿度的改變

從水彩淡然到油畫厚重，太陽棄守天空隱遁山後
隱約，第一顆星的輪廓從層層墨黑中顯出
轉為清晰，轉為透明（就要抵達嗎）

用你教導的方法朝你游去
我以為已征服一座山、一座城的距離
（實際上只停留原地）
水是冰冷的和我體溫一樣
我因感覺不到引力而自由、而快樂
那瞬間，忘記了自己是不會游泳的

每次擔任導師，我最害怕處理的問題，其實不是學生的生活管理或者課業表現。我以為那不過只是人生的枝微末節，像是諺語所說的：「樹頭若顧乎在，毋驚樹尾做風颱。」若能正本清源，引導出學生追求幸福的本真決心，這些問題都能夠迎刃而解，是不需要對之太過憂慮的。

那麼，真正的問題何在？我常常告訴學生，問了錯誤的問題，當然無法得到正確的答案。那真正的問題其實是，我何以不能夠成為真正的我？又是哪些力量阻撓我們追求自我實現？這看似漫無邊際的哲學問題，其實有著最簡單的答案。那是因為我們害怕知道「誰是我」，又無法面對「我是誰」，因此茫渺渾噩，心不能安。落實在生活中，這些問題常常表現為幾個面向：惡化的親子關係、失控的情愛需求，以及無從掌握的自我定位。當它們三位一體，錯綜糾結，那才是真正的難題。

譬如我的學生J，一個極清秀極可愛的小男生，開學過沒多久就人間蒸發，只輾轉傳話，託詞各種事病假，彷彿在逃避著什麼。我知道他真是病了——然而是心病。每個人多少都有些無法為外人道的心病，只是我們總以常人的姿態約束著自己，尤其是這些高學業成就，驕傲自負有如孔雀的孩子，那樣的自我約束力有時強大到令人吃驚的地步。那正如張愛玲所說的，是一襲華美但爬滿蝨子的袍，袍子底下掩藏著癢痛煩擾的生活。他們日日披著它讀書求學，以未來為賭注相互競逐，有時是功利了些，總算是相安無事。

但對於J而言，這種咬嚙性的煩惱已經大到奇癢難耐的地步了。我明察暗訪，終於逮到機會把J找來學校一談。說是談話，不如說是不著邊際的聊天，但J確實告訴我他打算休學，原因曖昧不明，我也就不動聲色，不責備不追問。《聖經》上說，不要驚動不要喚醒我所親愛，等他自己情願。我想J此刻需要的只是情義相挺，講太多反而不好，於是便簡單地結束這次對談。

後來J給我看了他這段時間所寫的東西，毫不意外的，文筆極好。J的心靈如同他的外表看起來那樣敏感纖細，但書寫的內容卻著實讓我吃了一驚。原來他陷溺在某種糾結難解的情愛關係之中，有求不得，所愛皆苦，J於是以某種決絕放棄的姿態，面對家庭和自己的人生。只是我懷疑，這樣棄絕一切，究竟能得到什麼。

我告訴J，存在主義心理學家羅洛．梅說，暴力是無能為力的表現。你將自己放逐在三角、四角，甚至是五角關係裡，其實是因為你無能解決自己和他人之間的問題。用這種粗暴的方式對待自己，所得只有傷害，不只是傷害了自己，也傷害了你所重視的人。

我不知道這番話J到底聽進去多少，但J畢竟是說出了他真實的想法。他說他想要絕對的自私，再也不要在意別人了……他只是希望那人能像自己一樣，願意拋下一切地愛著，清潔明亮，毫無愧悔。但不知道為什麼，彼此總是無法明白對方，兩顆心之間彷彿有著巨大而難以跨越的鴻溝，只能隔水相望，用各種揣度猜測，向彼岸搭建起一座又一座未竟的斷橋……

原來都是因為愛，這樣艱難困苦險阻重重的愛，豈不如同我等自以為成熟的大人，日日探索練習而一無所得的生命困境？維琴尼亞．薩提爾說，青少年比較像是成人，他們對性的試探很多是由於渴望接觸，而有被擁抱和撫摸的需要。而他們的暴力行為則是因為他極不願表現脆弱或有所需求，這也和成人一樣。如此說來，我必須像分享朋友的煩惱那樣，用一個故事來換J的故事囉？這難道不也是「以性命相見」？

我想告訴J，史鐵生的一段文字：

春風強勁，春風無所不至，但肉體是一條邊界——你還能走進哪裡，還能走進哪裡？肉體是一條邊界因而，一次次心蕩神馳，一次次束手無策。一次又一次，那一條邊界更其昭彰。

無奈的春天，肉體是一條邊界，你我是兩座囚籠。……所有的詞彙都已蒼白。所有的動作都已枯槁。所有的進入，無不進入荒茫。

不管我們在此擾擾人間先來後到的次序，所有人都一樣，都在試著解開愛的祕密，希望從裡面找到幸福的可能。但那過程往往不如我們所想像的那樣，一次轟轟烈烈就能天荒地老，反倒往往是，找不到，到不了，於是不了了之，反覆著困頓與悔恨……無可奈何地，我想起了婉瑜的這首〈泳〉。

作為六年級最優秀的詩人之一，婉瑜的詩有著極為特殊的氣味。這不僅僅是因為她勇於直面生活墾掘詩意，清楚寫出她身為女子，為人妻亦為人母的諸般感受，更是由於她出身戲劇系的背景，使得婉瑜的詩中總是充滿著某種動態的畫面感。婉瑜曾經說，她在寫作的時候，總是腦海中先有了某個事件，事件中有著種種意象的細節以及各種發展的可能，她才一一進行揀選，而詩意就展現在這種種可能性之中了。

至於有人認為婉瑜的詩近乎於口語，堅持以意象為本位進行批判，我想這其實是一種對於意象的誤解。寫詩不是為事件加上密碼，像早年的象徵主義那樣，深密自藏，但傷知音稀，而解碼之後卻給人：「原來不過如此！」的感覺。寫詩，毋寧是在於讓讀者穿過事象的表層，看見存在的真實；詩人應該是領路人，用有限的文字帶領讀者，走向無限的世界。關於這點，瘂弦是這麼評論的：

林婉瑜創發了很多新的技巧，一種只見性情不見技巧的技巧，是技巧的隱藏而不是技巧的顯露。詩中的虛與實，用心與不用心，都通過辯證統一的設計，其不用心處反而是最用心處，之所以佯裝不用心，是為了邀讀者共同參與，告訴他們：詩不僅是什麼，還包括做什麼，這是文本開放更深層的思考了。

〈泳〉也正是這樣的作品。這首詩預設的讀者「你」，當然也就是詩人情感投射的對象，但這個「你」卻是一尾能在水中自由來去的魚，而我必須以游泳的方式接近你。水既是承載著我的現實，也是巨大而冰冷的阻隔。在第一段中，想要接近你的願望是一個祕密，當我想要拋下、掙脫一切束縛，如你一般自由地向你游去，卻只能用並不自由的自由式，和仰面天空的仰式（魚不是生活在水面下嗎？我又如何能夠看見水中的你？），做著徒勞的追索。

第二段以自由式為架構。用精準的角度伸手入水、划水，使身體前進，但我仍然必須困窘地換氣。你曾經告訴我的游泳技巧，在此成為一種隱喻：兩個人分屬兩個世界，而那條順遂的路並不存在。存在我心中的疑問是，我的愛是否會成為你的負累，使你失去自由？而我使力又使力，重複又重複，真能夠抵達你嗎？

第三段則改從仰式聯想。放棄用力之後仰躺水面，讓水流托承、推動，想像它能帶我移向你，但這樣的期望豈不更加可疑？這時的水流是我的生活和命運，而時間就在我仰面天空的時候悄悄消逝，由日到夜，而星星升起。但這顆星星是否代表希望，代表確定的方向？或許根本不是。

更可疑的事情是，接近你的方法，其實是你教導我的。我用此方法所付出的一切努力，不過是停留在原地，我們之間的距離從來沒有縮短過，而我的體溫已經和現實一樣冰冷。原來我從來就沒學會過游泳，也不存在什麼接近你的方法，但我確實有了自由和快樂；原來一開頭所說的那個祕密，愛或者不愛，都是自我的辯證和發現。這中間的過程是否只是想像，似乎已經不重要了。

是了，這正是我想告訴J的，問題的根源在於自己的內心，如同羅蘭．巴特在《戀人絮語》中說的：

> 給我留下創傷的不是懷疑，而是情人的負心；而只有戀愛的人才談得上負心，只有相信自己被愛著的人才會妒嫉；而對方動不動就負於自己，不愛我——這正是我所有悲哀的根源……我過去一直是以為我是因為沒有得到愛而痛苦，而實際上是因為我以為愛人是愛我的而痛苦；我生活在一團亂麻中，以為自己同時是被愛的又是被拋棄的……

對愛貪索或者對愛失能，都是痛苦的來源。只有自己才能給自己痛苦，同樣的，也只有自己能治療自己。我想對J說，愛是一場長泳練習，我們都必須在愛中鍛鍊出信念和意志，期盼著那一天，我們也能用愛證成自己，清潔明亮，毫無愧悔。

被遺棄者私語

棄之核

林餘佐

被遺棄者體察到自己與世界之間存在著隔膜，膜裡是我，膜外是他。那些曾因過度貼近而失焦的， 難以指認的事物之形狀，於今再也難以隱遁其存在的痕跡。流光星屑，愛恨纏綿，這些偶然的交遇 在被遺棄者的眼中憑藉隔閡而坦然，而回返過來映照自身的存在。此中有真意，林餘佐用自己的詩句描摹了它，成就了《棄之核》這本詩集。

我私自以為每一個詩人在某種程度或某種狀態上，都是「被遺棄的」，因為他與世俗之間有著精神本質的不同，無法真正參與到那些環鎖相扣連的事象流程之中，遂被迫成為超越與反思的旁觀者——當眾人歡快狂熱，他天然的必須保有一分冷眼的理智，不可能完全融入人群。這種格格不入（High 不起來？）之感，豈非為群眾所棄？又譬如當生活橫逆困頓挫折來，情感劇烈激盪如焚天煮海，他無法久久自溺其中，總還想著必須以詩句摹影留形。此時我是我，我亦非我，豈不是自棄於人間，成為那永恆孤獨的吟遊者，浪蕩世情的異鄉人？——這當然是詩人的原罪，此生不息的薛西佛斯的神話。榮耀源於自苦，神賜亦是詛咒，我想我年輕的同行們對此感受應當甚深吧！

雖說被遺棄與有所隔乃一體之兩面，但並非完全的密合，其中存在程度上的差異，猶可詳說。第一種是陰陽兩隔，死生契闊，無語問蒼天。死亡讓原本看似完整無缺的世界現出了破爛空洞的真形貌，無物不可疑，因此無物不可議，隱藏在一切事物背後的那「惘惘的陰影」，其輪廓開始變得明晰而界線宛然歷歷，再也不能只是生活的背景了。

《棄之核》的第一輯「遺物」所處理的，便是這類「由失去理解存在」的經驗。開篇第一首〈餘途〉，說的是人從死後入棺到出殯火化的這段過程。在這個階段，失去生命的「身體」物化成「軀殼」，接著便要火化為「虛無」，但我們的情感經驗並不允許自己以「非人」來看待，只說死者有靈，音容宛在，或者更親切更不願接受事實的，說這叫「長眠」，彷彿其後某日某處一覺醒來，又會重新參與到我們的生活之中：

你把雙手放置胸前
讓它們代替你
與世界握手和解

其實死者長眠的姿勢，當然是禮儀師操弄擺布的結果。但林餘佐不這麼說，偏說手置胸前是死者主動的安排，讓缺席與在場產生了混淆與矛盾。這種混淆貫串著整首詩，甚至可以說是貫穿了整本詩集。

在〈沙發〉這首詩裡，無生命的沙發因為承載了那人留下的溫度，居然漸漸就變成了生物，像是安靜無聲的天使。而在〈碗〉這首詩裡，同款式彼此無差別的碗，唯獨「你」用過的不同。器物因被使用而留下印記，更因不再被使用，而令此一印記顯形無隱：

你用過的餐具還在櫃子
很久沒有被人移動
逐漸變成靜物
有陰影從邊緣漫出
像是某種生物的毛
細細的、短短的
碰到時卻感到異常疼痛

死生之間，物與「我」可以相互轉化，代替這個已經離去的「我」向世界演示存在的痕跡。從另一方面來說，那便是「我」在脫離「我們」這個共有的世界之時，所留下的傷口，血痕斑斑，遺惑無窮。

然而這個遺留給我的惑究竟是什麼？它是否有具體的內涵或邏輯結構，可以被我們指認？它有沒有一個概念的核心，可以被語言把捉描繪，從而現形於人前？林餘佐在輯一的最後一首詩〈檯燈〉裡否認了這個可能：

有天你永遠地關上燈
我被留在黑暗裡

然而日子總得要過，生活必須向前。就算夜裡關燈黑暗籠罩所有，時候到了，天一樣會亮。在輯二「器物的背面」裡，林餘佐開始探問自己與世界之間的這種「有所隔」的關係。有趣的是，他變「物化」為「化物」，改為從「物」的角度，思索自己在此一世界中的定位。此時詩思的哲學架構就從「我是誰」這個一般性的倫理學命題，轉變成「我的存在狀態是什麼」這個描述性的存有命題了。

被遺棄與有所隔的第二個層次，其實建立在主客觀之間的裂隙上。這種狀態，大約等同於老子說的：「天地不仁，以萬物為芻狗。」世人但知「我見青山多嫵媚」，卻不知道料青山見我，則未必如是。死生之間，有大恐怖。這恐怖並非如世俗所想的，來自於未知與不可掌握的悽惶之感，而是一種「情」的斷裂，一種意義與價值的缺損。那是「非我」之境，不屬於人類的寂滅之範疇。

《世說新語》裡面有這樣一個故事：

王戎喪兒萬子，山簡往省之，王悲不自勝。簡曰：「孩抱中物，何至於此？」王曰：「聖人忘情，最下不及情；情之所鍾，正在我輩。」簡服其言，更為之慟。

我以為忘情和不及情，只是同一個真相藉「有我」與「無我」的兩個角度所進行的各自表述，問題是卡在中間的這個「情之所鍾」，正是人間有情的苦痛之源。它似真似假，亦真亦假。說是真的，卻是一種無明我執，因緣生無自性，純是偶然的產物；說是假的，卻又是當下無從否認不可推翻的現實，叫做「凡存在必有理由」。兩邊俱不可拋，只能用特殊的角度逼近，以期讓它自行顯現，否則便是斷滅見，使人心不得安。

對於此事，林餘佐是這麼做的：

清晨醒來，逆著光替植物澆水

看著世上的意義逐漸朗現
此刻所有人的提問都得到解答
某種秩序規範著生命
有如法喜遍布，雨露均霑；
我仍寧願是頑固的業障
在輪迴裡憂傷，像生鏽的容器

——〈鐵器：與時光妥協〉

這是神的花園
我發現自己的生滅
不過是一季花期。

——〈花園：生命之初〉

以不同語言
指涉出同一方位

像星宿定位季節：
就像神以辭典將時光轉譯
在異國的海馬迴裡

——〈外語辭典〉

有時執著，有時選擇不執著，其實是用不同的語言標誌著同一個真相。這個真相，林餘佐說是時光。第二輯中的十一首詩，首首以時光為關鍵詞，環繞著時光這個主題展開。但對我而言，它們談的是生命有盡、有限，隨時可能被抽拔而去的「到時性」，沒有誰能真正進入世界，與世界同在與萬物為一。此一「到時性」抹去了人與人之間的差異，所謂「死亡之前人人平等」，等那一日到來，你我俱是芻狗，都會是被遺棄者。

這是林餘佐創造的，全然無法逍遙的「齊物之論」，語句看似溫柔，其實有著難以盡言的殘酷：

像是把整個宇宙都包圍
好讓神可以優雅地　敲下「死亡」二字

——〈打字機〉

《棄之核》的第三輯「廢墟」，大體延續前兩輯的思路，把範圍更擴大到建物與空間，流露出人去 樓空之後的感懷。沒有「物化」，也不再「化物」，純然以一種旁觀者的角度，去看待世界本身的存在。這一輯的十二首詩，主題較為紛雜，思想呈現多樣化的面貌。〈閃失——記某舊大樓〉與〈寫在山裡〉，以抒情的口吻追懷過去的記憶。〈十三層製鍊場〉、〈主題樂園〉、〈病院〉，書寫的是無我存在的城市空間。〈海水變奏〉、〈捕鯨場〉，寫的是更巨大的、神靈遠離之後的所在。〈火山遺址〉是城鎮，〈荒屋〉與〈冷鍋〉分屬不同的家屋空間，〈包廂〉則是特殊的城市景觀，使神轉身不顧保持靜默。〈離城〉寫的是離開的理由：「只為了逃離一座／受盡磨難的城」。從某個角度而言，也可說是這整輯詩作的總領，只是我以為，被遺棄者與世界之間的隔閡，應當還有第 三個層次，甚至更高層次的可能，這些恐怕要等林餘佐寫出更多的作品，才能得到進一步的詮釋。至於第四輯「小事」，算是全書尾聲，就不多論了。

最後，我想說的是，這近幾年以來，我極度渴望看到更多「深刻」的詩作，更多願意處理「深沉題材」的作者。少年十五二十時，逞弄機巧，追求靈光一現的驚喜，以眩人耳目，甚或博君一粲，這些都很好。只是「雖小道必有可觀者焉，致遠恐泥」，若只知俗而不知雅，何異乎打油詩？若詩人不再追求藝術境界的高遠超邁，不思索人生深層的幽微玄奧，不放眼舉世萬殊的物我真相，不窮究字句音聲的諸般可能，與俗推移，汩泥揚波，這世界還會剩下什麼？

做一個被遺棄者，做一個與世有隔之人，冷眼人間，便是最大的熱情。這是林餘佐選擇的道路，我期望他能繼續走下去，因為這條路無窮無盡，所志在大，所得便會越大。我祝福我年輕的同行們都能思索這個道理，雖任重道遠，只要一心嚮往之，必能走出屬於自己的璀璨輝煌。

男孩路五十六號

迷藏

羅毓嘉

把孩童藏進黑暗的閣樓
給他們蠟燭，但不要給他們書
把情人的臉藏進一首詩
收妥寫壞的句讀

一切彷彿開始消失的午後
把嬰孩藏回母親的裡面
像把種子藏進沃土，但要記得

把井藏到其他地方

那時，枕頭被褥裡還藏有火炬
煙塵飛散藏著情人的言語
他褲管反褶。他走過
便把灰燼餘熱，藏進他鞋襪中間

換季之前，把吻藏進後車箱
在車輪下藏著音樂
將一束桔梗藏入陌生的背景
房間，正緩緩移動到牆的另一頭……

從晴空到暴雨，磚瓦都在脫落。
奪取站務員的哨子
把自己藏進列車中間

偶有煙火施放，街道已是新的雷區

——

我一直有種錯覺，羅毓嘉是不會哭的。每次見他，總是笑得開懷，用自己的身體尤其是私密處開些無傷大雅的玩笑。說完了總是他自己先笑，我們才跟著一起笑。在我的印象中，他一直是被嬌寵的。師友寵他愛他就算了，就連小他幾屆的，也對他溫暖照護有加。或許因為他是那種無害動物，不失其赤子之心，才能受到這麼多的眷顧。好像只要他開口說要，別人肯定無法拒絕。他的嘴甜令我神智恍惚，一時不慎答應幫他寫序。這兩年來，每次與他相遇，他就朝我大喊親愛的，那甜膩的索討，讓我狼狽得像一個交不出作業的小孩。

毓嘉的十六歲到十八歲，在南海路五十六號裡度過。或許那時他曾經遭受過現實的風雨，自我與世界之間也有了罅隙。我不太明白，他一路到底經歷了什麼，又是如何挺過來的。唯一知道的是，他對文學的熱情、對愛的渴望，未曾一日稍減。我看到這些南海路出身的男孩，受到世俗肯定之際，總不忘回顧這座校園帶給他們的青春洗禮。毓嘉亦是如此，他近年來擒獲幾座文學大獎，得獎感言總會提到建中的紅樓詩社。那莫失莫忘的成長經驗，成為深刻的銘記，讓他們能夠更勇敢的走向未知，見識到最廣闊的人生風景。

這真是一個太詭異的存在了。我還沒到建中任教之前，早已經耳聞紅樓詩社的盛名與軼事。在男校成立維持文藝社團，本來就艱困至極。一群大男孩在主流價值中，不因身屬小眾而心灰氣沮，反倒越挫越勇形成一片繁花盛開的景象。不管是創作或朗誦，迭有驚人的的表現。長年照養詩社的呂榮華老師退休那年，社友們在中山堂舉辦朗誦會，既可算是詩社的十六週年慶，也可看作是向榮華老師致上最虔敬的感激。舞台上毓嘉身著一襲白衣，朗誦我的〈螢火蟲之夢〉，風采翩翩煞是亮眼。我在台下看著他兀自發光，彷彿交換了一些生命的祕密。

在建中任教以來，我看見過許多青春的身影，有狂也有狷。恃才傲物、逞才使氣，是許多人的通病。那些目高於頂的人，常令我感到不耐。當他們以為自己就是世界的同時，其實正在被智慧與真理遺棄。毓嘉可說是詩情早慧，然而在他身上卻找不到一絲一毫的傲氣。即使偶爾任性了些、驕縱了些，那也只是因為他是真誠的。我很欣賞他在台大文學獎中毫不遮掩的睥睨姿態，以一題（二十自述）三式（詩、散文、小說），顯露自己的才華。毓嘉這麼做，不僅是形式，同時也是意義的追求。

我想，真正的天才，總是要一再地逾越，突破現實中的種種不可能吧。

某日請他吃飯，紅樓詩社師生一行人從南海路出發，穿越植物園到餐廳不過才十分鐘腳程，他沿途抱怨著為什麼不坐計程車。他那久經鍛鍊的身體，讓我懷疑是不是純為裝飾。他說常常幹這樣的事，搭計程車去健身房練身體。我想他的詩非常接近他的體態，結實勻稱，穠纖有度。可貴的是，不以麗質天成而怠惰，不因天賦秀異而自滿。自我的鍛鍊與克制，讓他的才氣可大可久，終於造就了風格與魅力。

讀他的詩集之前，我一直誤以為，羅毓嘉詩中的意象群組一定可以找出高度的性暗示，就像他日常話語中的嘴砲那樣。後來，我發現我錯了。我在這一系列作品中，看到的不只是才情，還有對詩歌傳統的深切認識。從字句當中，我總可揣測到，毓嘉對詩歌鑽研體會之深，早已遠遠超出他同世代的詩人。那些看似在呼應其他詩人或哲學家的作品裡，我聽到了毓嘉最真實的聲音。他寫出了自己的口氣，不管是朦朧的歎息，或是明朗的傾訴，都在在證明其中有完整的愛與虔敬。

許多年輕詩人嘗試寫出新古典，每每流於形式的做作而終告失敗。最大的原因，就是欠缺了真誠溝通的意願。如此，詩只會成為辯術、修辭，永遠無法接近實在與真理。我看到毓嘉詩集中最可喜的部分在於，他試著與古典傳統對話，在現代語言中提煉精緻的抒情。他深切愛戀著世界，以及更多更多值得他所愛的人事物。那純淨的語言告訴我，毓嘉在詩創作裡，幾乎就像是一個沒有性意識的嬰孩。他指物命名，說什麼就是什麼了。關於愛與傷害，毓嘉是這麼說的：

dear desperado，如果有一首詩為你而寫
那必定關乎於我的各種臥姿
讓我們暴露地擁抱，讓我熟習寬慰與約束
讓我再次成為嬰兒，再次去愛，像不曾被傷害過那樣

普魯斯特提筆追憶似水年華，紙張上詭祕地布滿字跡，班雅明說這種姿態是：「他將它們舉向空中，彷彿是在慶祝他那小小宇宙的誕生。」我很榮幸的見證，親愛的羅毓嘉，成就了他自己，美麗無倫的小宇宙。而這一切，可能都跟男孩路五十六號有關。

✱本文原收錄於羅毓嘉《嬰兒宇宙》

停歌暫借問

間奏

郭哲佑

歌到中途，在樂聲中暫歇。一段故事已經完成，下一段故事尚未開始，留下一片充滿意義的空白。力量緩慢蓄積，情感漸次豐盈，那暗潮洶湧之中，鼓動著純粹的詩意。哲佑的第一本詩集《間奏》，為這曖昧模糊的時刻定影留形。青春心念與難言的情傷愛痛，從此在文字之中得到了安居。

我之所以認識哲佑，乃是由於接任建中紅樓詩社指導老師的緣故。這個歷史悠久的高中社團，在呂榮華老師的帶領之下，以「過一種充滿詩意的生活」為傳統，培養出一群不僅愛好文學，更將興趣拓展至音樂、美術、表演藝術等等人生審美所必須的學生。他們心胸開闊，勇於接觸一切新奇未知事物，更從其中獲得面對人生的勇氣和智慧。

在紅樓詩社歷屆社員之中，不乏會寫會演、能歌善舞之人，而哲佑在創作上繳出的成績單，無疑是極為亮眼的一張。讀哲佑的詩，總能在那些曲曲折折的詩句之中，找到內在的邏輯。他記述的不是外在流動的時間，不是那些藉由意象與字詞的堆砌所建構的，看似是詩，但實不是詩的文字迷宮。他記述的乃是內在的風景，深沉，單純，充滿音樂性。在那裡，事物不斷剝落平凡瑣碎的外貌（那屬於表淺的生活），直至開展出深密細緻的內裡：

我想起一些情節的改變
以及耗盡一生所無法改變的事
想起曾打開一張地圖
看著天氣晴朗，草木蓊鬱
陽光持續轉移角度

遠方無聲地往返眼前

——〈有生之年〉

天氣晴朗，陽光流轉，生活中再平凡也不過的場景，當它被詩人化為詩句，原本隱藏的詩意從此豁顯：預期中的美好人生並沒有如預期一般的到來，生命在此刻轉向，其實也就是無奈地回歸於命運，如同地圖的幻象出現在我們腦海裡。遠方始終在著，只是你永遠無法抵達……

看似甚麼都沒說，但甚麼都說了，並且說得深刻，說出了我們都曾想過，但都沒說出口的事情。那正是詩人的精神活動，是他用以詮釋世界的方法：一切看似單純的事物，其實並不那麼單純，因為我們參與其中。人是世界的詮釋者，一切事物只有經由人的詮釋，才能擁有意義，否則永遠都只會是事物本身——這就是詩人存在的意義了。

哲佑的文字與一般年輕寫作者相較，有著一股不那麼青春無畏的閒適。青春無畏者往往大膽實驗，用力堆砌，試圖用所知來取代所感。半個世紀以前，瘂弦對此就已有過批評：

十九世紀中葉迄今的科學觀念使人益發理性化。他們無法排除層層的「過度知性」的鎖鍊，因之更增加現代詩人與讀者合作建立欣賞上之「共同自我」的困難。

現代詩的另一困難（並非它本身的困難），是它所展示的常不是大家共有的或舊有的情感經驗，或大家早已具有而不自覺的情感經驗。

——〈現代詩短札〉

但哲佑試圖透過詩句喚起的，並不是那種「自以為是」的理性連結，卻是真實可感的內在情緒。比起江河傾流，挾泥沙以俱下，哲佑寧可好風日好心情的好整以暇，仔細爬梳那神祕時刻內在隱藏的詩意：

是如此廣大
細小而疏離的聲音
醒來，時間還在這裡

或許走了，但沒有痕跡
我所以為的愛人
那許多輕易落下的姿態
都不及今早的雨勢
如此清楚

——〈晨雨〉

清晨有雨纏綿尚未清醒的意識，但纖細敏感的心靈卻能捕捉到，友達以上戀人未滿的那人，糾纏生活卻又輕易離去的姿態，甚至比今晨的雨還要模糊迷離。其中所充滿的曖昧苦澀，只有用情至深者方能品得其中無味之味。

情愛關係是《間奏》統一的主題。哲佑透過詩句反覆質問，一個人被愛傷害之後，要經過多少時間，才能真正復原？心中收藏了愛與被愛的記憶，但在情感潰堤，一切秩序盡皆崩毀之後，成為了倖存的那人，我們到底還能做些甚麼？我們畢竟是活了下來，因為活著，才能為死者哀悼。因為一部分的自己死去了，才能遠離記憶，靠近天堂這個沒有記憶的完美地點。

靠近，但無法抵達。王家衛說，記憶是痛苦的根源。然而當我們選擇超越，試圖遺忘，才發現記憶不可能抹去：

最後，我也已經不復記憶
許多傷痛是如何
成為彼此美麗的信仰

——〈完成〉

傷痛因記憶成為信仰，正言若反，詩人始終相信，世界有光，有溫暖。有時候，只要一點點可能，生命就會找到自己的光與熱：

不是所有的夢都需要睡眠
有的人一生
只等待一次閃電

——〈靜坐〉

主題統一，是優點，也是缺點。對年輕的詩人而言，第一本詩集只是起點，是迢遙創作道路上一個小小的逗點。在《間奏》裡，他回顧自我，反覆思索，追尋人生更多的可能。我一直以為，拓展人生乃是為學，而寫詩卻是為道。「為學日益，為道日損。」老子所言的道境，其實也就是真實的藝術之境，最終極的詩，也就是經過「損之又損，以至於無」之後，所提煉出的最真實也最純粹的人生樣貌，還其本來，如同哲佑的詩：

那天晚上我們面向銀河
相互指認星宿落在彼此身上的形狀
慢慢發現，最真實的答案
往往沒有那樣令人困惑

——〈離開花蓮〉

我期望哲佑能夠繼續拓展人生，豐盈自己的生命，有所學，才能有所損。歌聲此時暫歇，音樂仍然繼續，我等待下一段歌聲響起時，哲佑會為我們唱出更加開闊的風景。

完整的他方

晾著

林育德

這個島上只剩下兩種季節
衣服會乾的，以及乾不了的

此刻總是陰雨綿綿
煙癮卻總是此刻襲來

少年在陽台燃起一支煙
穿透霧煙恍然看見

成年的日子之前
那樣的床單，巨大
就這樣晾在中央山脈上

有夢的遺留。慾望在床單
溢灑，少年憶起某天夜裡
生猛的挺起，像一隻健壯的雄鷹

對海的想像。零碎且私密
像是那些貼身的衣物
又像這些花俏的飾品
暫且就晾在山頂，海岸山脈

少年在校園燃起一支煙
暫時忘卻課堂，那些

內外交錯，沉悶的鼻息
國家被晾在旗桿上
而認同卻擺在收納箱裡

煙是一支不可靠的衣架
晾不住呼吸
也晾不住寂寞
更不可能有誰的意識形態
不經意的晾著
總是風一吹就散了

少年在心裡燃起一支煙
渴望身處模糊，避開
所有太過尖銳的人際。隱私
被晾在空氣中，窺看

而煙屁股扭曲陳屍煙灰缸
濾嘴留有與他接吻的證據

少年用煙在陽台晾起自己，猛然
驚覺自己在世界，孤獨的晾著

生猛的抽出，把一支煙
點著，意識搖晃認同
混淆山脈與山脈之間，衣物
或飾品究竟是否晾著
還是昨夜有風，四散

一地猶如煙蒂墳場，橫陳
在腳旁或跟隨紛亂的霧煙飛行？

少年只剩下兩件衣服
晾在身上的，以及晾在身外的

此刻總是陽光毒辣
煙癮卻總是此刻襲來

把一支煙，生澀的銜住
安靜而空虛的，晾著
乾了又溼，溼
了又乾

彷彿在一個未曾打開的收納箱裡
等待晾著

有一段時光，我處於與世界互不理解的狀況中。那時約莫二十出頭，我走在小而雅的大學校園中，想像一種未可抵達的他方，我常常感到恍惚，因為彼此理解是如此困難的一件事，彼此不理解也是。後來終於意識到，渴望意義與說法，終究是要受苦的。自困於意義的牢籠，總是令人徬徨猶疑，在迷宮中試圖找到出路。憊懶無力之際，停下來凝視世界，心中的某種什麼無以名之，只好用「晾著」來比擬。

在大學校園中，談著看似激情實則像一場遊戲的戀愛，最大的麻煩卻在於自己是否真有本事去愛。不管對任何事，要能心甘情願，確實是不太容易。被無助感襲擊的時候，我就想抵抗些什麼。藉著抵抗——抵抗焦慮，抵抗爭吵，抵抗懷疑，抵抗空虛，抵抗無意義……或許可以證明自己並不是那麼無助。其實我很害怕，對這個世界無話可說，只能帶著自己的孤獨與不同的身體相互碰觸。值得慶幸的是，我悲傷時選擇了走路與跑步，而不是選擇菸、酒精或者藥物。用其他的癮來治癒靈魂的空洞，對我來說，那是不可能的事。

那時的我熱中於書寫，寫著別人不一定讀得懂得的詩。用這樣的形式表達，或許更能顯露自己最深的恐懼：自己的存在，到底是不是可有可無？世界上多了你一人或少了你一人，似乎是無關緊要的。所以詩裡埋藏的密碼，究竟有沒有人能夠破解，似乎也不重要了。我像一顆小行星，自轉又公轉，為著不一定具體可說的目的。只是很直覺的告訴自己，千萬不要脫離某種軌道。一旦脫離了，就永遠回不來了。一直要到多年以後，我才真正體會到，脫離某種軌道、與世界兩相遺棄的絕望。

或許可以這麼說，至今我仍深深眷戀著大學時代的生活方式。沒有太多的經濟壓力，可以任性的享受彷彿第二次到臨的童年。參加了社團，在聚會活動中玩著幼稚至極的團康遊戲，並且樂在其中。或是為了情調與氣氛，到咖啡館打工，自以為看盡人間冷暖。有時，心中充滿沒有名目的大志氣。而有時卻是頻頻蹺課，騎機車上擎天崗、竹子湖，聽風，看雲，在草地上慵懶的打滾。又或者，坐在狹小的宿舍地板上夸夸其談，跟一群系上的男生嘴砲四射徹夜辯證存在與虛無。影展季節到來，深夜裹著厚重的羽絨衣前去排隊買票，然後盡情的揮霍青春，看了一部又一部深奧無比的電影。而我終究無法懂得，那看似沒有目的的一切，到底是為了什麼？

真的沒有所謂的目的嗎？

有一回在街頭我看見，承諾會與我相愛到永遠的那人，坐上了另一個男生的摩托車消失在路口。（那人不是說有事，無法陪伴我嗎？）我竟只是木然而立，魂與體似乎有了裂痕，漸漸的分離。再也不是了。再也不是我的了。我想呼喊，卻無法發出任何聲音。一直要等到回到宿舍躺在床上，才掉下淚來。十多年後想起這事，心頭仍會微微震顫。當時以為天崩地裂的人生情節，經歷幾次以後，就不太容易構成太大的傷害了。如今身心都變得不如當初敏感，在日復一日的衰頹遲鈍中，我畢竟還是懷念那些充滿情緒的日子。

即使時間過去，我們還是常常需要處理自己心中亂竄的憂傷。它往往不請自來，有時令人難以招架，像意外打翻了醬汁，弄得整身衣服沾滿髒汙。我們得耐著性子，竭力把負面情緒洗淨，晾乾，摺疊，收納，然後可以告訴自己，一切都妥適的定位了。

對我來說，大學時寫的那些詩句也許可笑，但卻真真實實的保留了破碎不可解的心事。文字收納了生活，我於是可以整理打包自己的故事，繼續往前走。大學畢業後，我在嘉義、台東、花蓮各住了幾年，教了幾年書。不斷有學生問我，什麼是喜歡、什麼又是愛？只不過，這問題我也不明白啊。最近讀到了村上春樹《1Q84・BOOK3》說到的：「再也沒有東西可以失去了。除了自己的生命。非常容易了解。」我才稍稍領悟，重點不在喜歡或愛，而是在於如何真實的承受相遇與失去。

初讀〈晾著〉，便揣測敘述者一定是個曾經失去什麼的人。詩中的少年，不健康的燃起一根菸，想像自己像被晾著的衣服迎風飄蕩。即使詩作的轉折仍有一些生硬，我依然深深著迷於那種單純又富有變化的口氣。林育德藉詩句鋪陳出的生活樣貌，不斷提醒著我，大學時追問自身存在意義的感覺。我在花蓮高中任教時，育德並不是我班上的學生。只是機緣巧合熟識了份屬師生，實則情似友朋。我們在課後常常一起讀書，一起吃喝玩樂，相互砥礪將來一定要寫出更好的作品。他負笈異鄉念大學，幾經波折又回到花蓮在東華大學從頭來過。而我原本在花蓮購屋定居了，不料卻因私人感情的失落離開花蓮。這期間，育德音訊漸杳，重見到他便是因為這首詩。這原是文學獎參賽稿件，早在我評審時眼睛即為之一亮。決審會後揭曉名單，我才驚呼，原來是林育德。

林育德，一九八八年生，花蓮縣人，花蓮高中畢業。曾獲全國學生文學獎新詩第二名、花蓮文學獎、台積電青年學生文學獎。林育德少年早慧，在高中時期即斬獲許多新詩獎項。這首〈晾著〉結構完整，詩藝純熟。更重要的是，他已經突破文學獎的局限，找到一種在詩中進行溝通的方式。詩中的少年，或許就是他自身的映射，說出來的部分讓我們看見，無法說出的那些則保留了想像的空間。

他善於設喻取譬，以有形寫無形，以描述代替定義，加深了詞與物的聯繫。「這個島上只剩下兩種季節／衣服會乾的，以及乾不了的」、「少年只剩下兩件衣服／晾在身上的，以及晾在身外的」這兩個句子彼此關聯，遙相呼應，讓乾與溼、內在與外在、現實與抽象、時間與空間產生了強烈的對照。用簡單的二分法，就讓詩意彰顯出來。現實人生無可二分，說不明白的一切，林育德用了極其俐落的方式一刀切下，呈現生活的斷面。孤獨的存在，是這首詩的主旨。我不忍再進一步探問，每一個句子背後究竟有怎樣的故事。然而我知道，那些一定都不是令人愉快的事。

林育德這首詩讓我反覆想起，李宗榮的《情詩與哀歌》中那一首〈冬季〉。

林育德寫出無所依傍的個體孤寂，李宗榮則是呈現了兩人世界的疏離：「整個冬季我們無所事事／伏案寫詩，占星、飲酒、做愛／唉，雨季困我們這麼深／霉味比溼氣還重／我們為什麼不相擁而死去呢？」李宗榮前兩句借自楊澤的詩作，後三句則別出機杼，寫出了一種屬於自己的感傷。李宗榮自己剖析詩中那樣的生活情調是：「因為太深的愛戀，而與世界隔離出來，乾淨而自足的活著。彷彿世界只剩下兩個人，絕望得想死，虛無溺陷得如困沼澤。」

陷溺太深，世界就會更顯得疏離。

所幸我們有詩，用語言的聲調與節奏，重新組構一個世界。在這個新世界裡，我們可以棲居。往事定位，經驗、感情、回憶都有家可回。

米蘭．昆德拉的小說《生活在他方》中有這麼一段話：「詩韻和節奏具有一種神奇的力量：無法定形的世界一旦封閉在一首有格律的詩裡，就會在突然之間變得明朗、規律、清楚、美好。在一首詩裡，如果『死亡』這個詞所在之處恰恰是前一行詩迴盪著『鈴鐺』聲響的地方，死亡就會變成一個有秩序而且旋律悠揚的原素。」我們面對著無法定型的世界，靠著詩中的抑揚頓挫，讓一切找到意義的歸所。難怪在小說中他要標榜：「在詩的國度，一切被肯定的事都會變成真理。」而唯一的證據，正在於情感的強度。〈晾著〉這首詩裡，充滿感情的強度，敘述者以此身的存在，提供了想像的可能。我們於是看見，一個完整的他方。

後記

胡桃裡的宇宙

吳岱穎

世界疊覆著自己，等待展開的瞬間。它不畏不避，不逃躲不隱藏——隱藏只是人們主觀的意向。但我們總以此責問，像是迷宮中的老鼠，聚於一隅相互撕咬鬥爭，苦無出路，遍體鱗傷，卻不知道答案就在眼前。

從二〇〇九年開始，我與性傑決定合力撰寫現代詩詮釋，作為《找一個解釋》的第三部曲。這其實起源於一個單純的心念：對於一切文學作品，都必須結合自己的生命體驗去閱讀，才能讀出其中深藏的滋味。所以我們決定不用教科書式的作者和題解，不以制式化的知識堆砌來介紹作品，而以散文創作的形式來進行詮釋，目的就是為了讓讀者能夠更親切地貼近作品本身。

在這些篇章裡，我們不約而同的採取了同一種寫作策略：先是從自己的生活經驗出發，找到可以跟詩作本身相呼應的部分，然後再慢慢契入詩作，簡單的介紹詩人和詩作的背景，並且進行形式和意義上的詮釋。我相信這樣的寫作策略目的是很明確的，其用意就在於告訴讀者，特別是在教育體制之中，長期對於文學作品的閱讀有所誤解的學生：現代詩絕非詩人的囈語。它真切可懂，真實可感，並且與我們的生活息息相關。

接下來的說法或許帶點神祕主義的味道。我私自以為文學作品如同一扇窗，不僅僅是讓人透過窗口看見天空，人們也能夠透過窗口窺見室內所發生的一切。不僅如此，那在窗玻璃上隱隱照出的，其實不正是我們自己的倒影嗎？因為人事物交相折射映現，是人們在世界之中存在的真實樣貌，是以當下的存在擁有更多詮釋的可能；而詩更是這樣一種存在，能夠溝通天地神人，揭示事物的本質，所以當我等試圖以自己的角度理解世界，世界總有辦法提醒我們：要以原初的面貌尋我，否則不如相忘江湖。

當我的存在被打開的時候，也就是世界開啟它自己的時候。原諒我在這裡竊用史蒂分．霍金的書名，但我並沒有要談論科學的意思。物理學家對於時空關係提供了種種模型，他們相信高維空間是存在的，研究事物存在的方式，有助於揭破宇宙的奧祕，並且找到物質與力量的根源。我想那其實更接近於一種隱喻，以某種方式告訴我們，一沙一世界，一花一天堂。甚至更專斷地說，除了透過詩人的眼睛，除了詩，我們別無其他尋得天堂的方式。

所以我們閱讀文學作品，尤其是詩，其實是為了要看見。看見這個世界，也看見我們自己，創造自己最大的可能。美國女詩人林妲．派斯坦（Linda Pastan）說，寫詩是一個探索發現的過程，它提供了一個管道，使我們發掘出自己其實了解卻不自知的東西。而我們讀詩也正是為此。如同偉大的波赫士說的，每當我們重讀但丁或莎士比亞的某一句詩時，在某種意義上我們也成了創作這詩句時的但丁或莎士比亞。

因為所謂「自我」，這個我們以為是獨一無二的東西，其實是最普遍而無差別的。

每個人心中都有一個「自我」，它讓我們與他人有所分別，卻又自行抹除了這個分別。所謂的「獨一無二」變得根本不重要，因為我們完全無法確定那究竟是什麼。我們只有透過閱讀與反思，不斷感知、擴大內在的這個自我，才能知道我是誰，知道是什麼共同參與組建了這個我，知道自己存在的目的與意義。於是詩的價值就呈現在我們面前了：詩就是讓一切敞亮無遮蔽的鑰匙。

當我們能真正的讀一首詩，讓詩帶我們上升到存在的高度，俯瞰迷宮花園，透視胡桃裡的宇宙，則我們的活著，同時也就是在著了。

這就是詩給我們的保證。這就是更好的生活。

後記

最幸福的事

凌性傑

詩是我的信仰。

讀詩與寫詩的時候，我彷彿進入一個神祕的宗教儀式，說要有光就會有光。詩讓我忘卻煩憂、日常的瑣碎與疲勞。詩讓我微笑，看見另一個完美無瑕的宇宙。詩帶來想像，驅趕現實與功利，為我保存了歲月的靜好。面對生活本身，我快樂的憑藉只有詩。

詩意的生活，是多麼難得。現實環境扼殺了詩的可能，我卻一再渴望詩意的生發。藉由詩，抵抗所有殘缺與醜惡。

二〇〇六年，台灣的高中教育在制度上有重大改變，「九五暫行課綱」倉促上路，二〇〇九年正式推行。新的課綱規定，高中三年要修習二十多門學科，一堆選修課程看似開放自由實則形成另一種閉鎖。國文與歷史兩科，無可避免的捲入意識型態鬥爭之中，喧擾不休。作為一個高中國文老師，我原來只想本分的教書，盡力在我的課堂中排除那些無謂的干擾。然而，當體制巨獸干擾到教學現場，我知道自己不能再沉默了。新的課程結構裡，國文學科教學時數驟減，而考試的夢魘揮之不去。我既要面對學生升學的需求，也必須在極度壓縮的時間裡分享知識與智慧的熱情。

在我讀書、教書的歷程中發現，任何事物只要與考試掛勾，學生就不會喜歡。那時，教育部規定了高中生必讀的四十篇古文，幾乎也暗示了考試的方向。為了讓學生對古文感興趣，我向《幼獅文藝》提了一個新專欄，結合現代生活來談古文，由建中教師吳岱穎和我（當時任教於花蓮高中）輪流執筆。那時負責收稿、催稿的編輯，正是這《更好的生活》的催生者賴雯琪。我們希望用知識散文的書寫方式介紹精采的古文，同時也分享私自的生活體驗。從生活出發，寫出自己的感動，進一步把這份感動傳遞給讀者。課本裡收錄的文章，原來都是活生生的，只是被選擇題與標準答案弄得僵死、毫無生氣。為考試而讀書的下場，就是讓自己的生活成為煉獄。只有為了自己的生命而讀書，才能讓自己不斷汲取源頭活水，發現那些感動人的力量。

我也曾思索，為什麼要讀文學？

閱讀文學作品對我來說，最大的意義就是理解他人，並且重新認識自我。對他人作品的理解，正也可以是自我的理解。所有傑出的作家都肯定讀經典的重要，在經典裡面深刻認識永恆的人性。但閱讀經典的歷程有點辛苦，因為要先讀通，才能找到感動。吳岱穎跟我各自認領自己喜愛的古文篇章，大量閱讀相關文獻，進行梳理、詮釋，同時提供個人的生活意見。後來這一系列文章結集出版，是為《找一個解釋》。

即便經過了一個世紀，現代中文教育那個古老的爭論還是陰魂不散。課本裡的文言、白話比例，總是跟意識型態、政治鬥爭牽扯絞繞。我們都太習慣用二分法去看待事情，民國初年不也這樣夾纏地談，說白話代表進步、西化、現代化，文言就是守舊、保守、落伍……。如果能不斷反省，加上充足的論述空間，有些事情可以談得更細緻。台灣現在面對此類議題，往往變成激情的操作，實在相當危險。

在教學現場，我一直覺得古文、詩詞比較好教。因為歷代以來充足的論述、闡釋，讓我在解讀文本時無所畏懼。相對的，現代詩文缺少詮釋，眾說紛紜往往造成教學的困擾。特別是對新詩的見解，言人人殊，諸家詮解莫衷一是。西崑雖好，總是無人可作鄭箋。於是，岱穎與我試圖理清脈絡，用自己的生活為詩句做箋注。二〇〇九年一月開始，為期兩年，在《幼獅文藝》進行一系列的介紹，談我們喜愛的現代詩人與作品，企圖寫出更好的生活。我們所能做的，頂多是提供一種可能，把諸多傑出的新詩介紹給普通讀者。從三〇年代的徐志摩寫起，一直接續到一九八〇年後出生的詩人，不斷的與詩對話，因而重新找到生活的意義。這些篇章如今收為一冊，取名為「更好的生活」。

那些影響生命至深的作品，至今仍然無法忘卻。我用自己的生命經驗詮解詩篇，同時也在這些詩篇裡看見了自己的歡笑與哭泣。我更加確定，生活沒有標準答案，詩也沒有標準答案。被制式規範所宰制的世界，並不是我所喜愛的世界。讀詩的喜悅，是讓想像開放出來，也讓意義開放出來。我在其中，領略到無與倫比的自由。詩是我的信仰，是我抵抗無聊無意義的憑藉。人生中有詩意的陪伴，是最幸福的事。

只可惜，這薄薄一冊書中，所能分享的快樂實在有限。只好等待來日，更完整的交代讀詩的樂趣。我惦記著這些傑出的詩人：周夢蝶、洛夫、向明、楊喚、瘂弦、白萩、葉維廉、夐虹、席慕蓉、蕭蕭、白靈、楊澤、詹澈、劉克襄、路寒袖、零雨、孫維民、陳克華、羅任玲、鴻鴻、李進文、顏艾琳、唐捐、陳大為、廖偉棠、鯨向海、孫梓評、吳奇叡、楊佳嫻、陳雋弘……他們的詩歌都曾經照亮了我的生活，帶來新鮮的氣味。如果可以有下一本新詩詮釋的書，我希望更貼切的介紹這些詩人，分享他們的作品帶來的感動。

生而為人，生而為現代人，我渴望著更好的生活。因為預期可以更好，這當下，也就意義俱足了。

附錄

作者篇目

●凌性傑——作品

偶然與巧合　徐志摩〈偶然〉

事物的相關　馮至〈十四行集·十六〉

前面的風景　卞之琳〈斷章〉〈無題一〉

比所有的事物更遙遠　商禽〈遙遠的催眠〉

承認並安於生活　瘂弦〈深淵〉

我在……　隱地〈人體搬運法〉

陪我去遠方　羅智成〈荀子〉

堅強與溫柔　莫那能〈落葉〉

愛與毀滅的簡歷　顧城〈簡歷〉

春暖花開　海子〈面朝大海，春暖花開〉

寂寞的季節　許悔之〈大翅鯨的冬日旅程〉

讓整個世界綻放　李長青〈愛與寂寥都曾經發生〉

啊，生活　吳岱穎〈C'est La Vie——在島上〉

男孩路五十六號　羅毓嘉〈迷藏〉

完整的他方　林育德〈晾著〉

●吳岱穎——作品

一樣的月光　余光中〈雙人床〉
走向天地的時候　鄭愁予〈寂寞的人坐著看花〉
夢中潮聲侵岸　楊牧〈瓶中稿〉
默默　吳晟〈我不和你談論〉
肉身道場　陳育虹〈行草〉
未完成的情詩　陳義芝〈手稿〉
現代詩生活　陳黎〈在我們生活的角落〉
計程車政治學　向陽〈立場〉
食慾人生　焦桐〈我將再起〉
請問芳名　瓦歷斯·諾幹〈關於泰雅—給你一個名字〉
如果遠方有戰爭　凌性傑〈有信仰的人〉
愛的長泳練習　林婉瑜〈泳〉
被遺棄者私語　林餘佐《棄之核》
停歌暫借問　郭哲佑《間奏》

引詩出處

〈雙人床〉　選自《余光中詩選》，洪範書店
〈遙遠的催眠〉　選自《商禽詩全集》，印刻出版
〈寂寞的人坐著看花〉　選自《寂寞的人坐著看花》，洪範書店
〈人體搬運法〉　選自《法式裸睡》，爾雅出版
〈瓶中稿〉　選自《楊牧詩集 I》，洪範書店
〈我不和你談論〉　選自《吳晟詩選》，洪範書店
〈行草〉　選自《河流進你深層靜脈》，寶瓶文化
〈手稿〉　選自《邊界》，九歌出版
〈在我們生活的角落〉　選自《苦惱與自由的平均律》，九歌出版
〈立場〉　選自《十行集》，九歌出版
〈荀子〉　選自《擲地無聲書》，天下文化
〈落葉〉　選自《美麗的稻穗》，人間出版社
〈我將再起〉　選自《完全壯陽食譜》，二魚文化
〈關於泰雅——給你一個名字〉　選自《伊能再踏查》，晨星出版
〈大翅鯨的冬日旅程〉　選自《當一隻鯨魚渴望海洋》，時報出版
〈有信仰的人〉　選自《有信仰的人》，馥林文化
〈C'est La Vie——在島上〉　選自《冬之光》，馥林文化
〈迷藏〉　選自《嬰兒宇宙》，寶瓶文化

推薦書單

● 詩人作品

徐志摩	《徐志摩詩選》，洪範書店
馮至	《馮至代表作·十四行集》，華夏出版社
卞之琳	《卞之琳代表作·三秋草》，華夏出版社
余光中	《余光中詩選》，洪範書店
	《余光中跨世紀散文》，九歌出版
商禽	《商禽詩全集》，印刻出版
鄭愁予	《寂寞的人坐著看花》，洪範書店
	《鄭愁予詩集》（Ⅰ、Ⅱ），洪範書店
隱地	《法式裸睡》，爾雅出版
	《回頭》，爾雅出版
楊牧	《楊牧詩集》（Ⅰ、Ⅱ、Ⅲ），洪範書店
	《搜索者》，洪範書店
	《奇萊前書》，洪範書店
吳晟	《吳晟詩選》，洪範書店
	《吳晟散文選》，洪範書店
陳育虹	《河流進你深層靜脈》，寶瓶文化
	《魅》，寶瓶文化
	《2010 / 陳育虹（360° 斜角）》，爾雅出版
陳義芝	《邊界》，九歌出版
	《現代詩人結構》，聯合文學
陳黎	《苦惱與自由的平均律》，九歌出版

	《小宇宙》，二魚文化
向陽	《向陽詩選》，洪範書店
	《十行集》，九歌出版
羅智成	《擲地無聲書》，天下文化
	《夢中情人》，印刻出版
	《夢中書房》，聯合文學
莫那能	《美麗的稻穗》，人間出版社
	《一個台灣原住民的經歷》，人間出版社
焦桐	《完全壯陽食譜》，二魚文化
	《暴食江湖》，二魚文化
顧城	《回家》，木馬文化
瓦歷斯·諾幹	《迷霧之旅》，晨星出版
	《伊能再踏查》，晨星出版
海子	《海子詩全集》，作家出版社
許悔之	《遺失的哈達》，聯經出版
	《當一隻鯨魚渴望海洋》，時報出版
凌性傑	《有信仰的人》，馥林文化
	《2008 / 凌性傑（美麗時光）》，爾雅出版
李長青	《愛與寂寥都曾經發生》，斑馬線
	《2008 / 凌性傑（美麗時光）》，爾雅出版
吳岱穎	《冬之光》，馥林文化
	《明朗》，花蓮縣文化局
林婉瑜	《剛剛發生的事》，洪範書店
	《可能的花蜜》，馥林文化
羅毓嘉	《嬰兒宇宙》，寶瓶文化
	《樂園輿圖》，寶瓶文化

● 延伸閱讀

余徐剛 《天才詩人——海子》，寶瓶文化
奚密 《現當代詩文錄》，聯合文學
村上春樹著/賴明珠譯 《關於跑步，我說的其實是……》，時報出版
張翠容 《中東現場》，馬可孛羅
諾姆·喬姆斯基（Noam Chomsky）著/謝佩妏譯 《失敗的國家》（Failed States），左岸文化
愛德華·薩依德（Edward W. Said）著/王志弘、王淑燕、莊雅仲等譯 《東方主義》（Orientalism），立緒文化
三島由紀夫著/唐月梅譯 《金閣寺》，木馬文化
普拉絲（Sylvia Plath）著/鄭至慧譯 《瓶中美人》（The Bell Jar），先覺出版
王鼎鈞 《文學江湖》，爾雅出版
孟東籬 《愛心哲學》，爾雅出版
陳冠學 《田園之秋》，草根出版
阿寶 《女農討山誌》，張老師文化
劉康 《對話的喧聲：巴赫汀文化理論述評》，麥田出版
埃馬紐埃爾·列維納斯（Emmanuel Levinas）著/吳惠儀譯 《從存在到存在者》（Existence and Existents），江蘇教育出版社
張邦梅 《小腳與西服》，智庫
鍾文音 《慈悲情人》，大田出版
張愛玲 《小團圓》，皇冠文化
邱妙津 《蒙馬特遺書》，印刻出版
孫梓評 《除以一》，麥田出版
張惠菁 《給冥王星》，大塊文化
張愛玲 《傾城之戀》，皇冠文化

卡勒（Jonathan Culler）著／李平譯 《文學理論》（Literary Theory : A Very Short Introduction），香港：牛津大學出版社
張曼儀編著 《卞之琳》，書林出版
金安平（Annping Chin）著／鄭至慧譯 《合肥四姊妹》（Four Sisters of Hofei），時報出版
李昂 《鴛鴦春膳》，聯合文學
遠藤周作著／陳柏瑤譯 《狐狸庵食道樂》，麥田出版
韓良露 《微醺》，馬可孛羅
師永剛、劉瓊雄編著 《Che 語錄》，聯經出版
聯經編輯部編 《書寫青春 6》，聯經出版
王安憶 《長恨歌》，麥田出版
維琴尼亞·薩提爾（Virginia Satir）著／吳就君譯 《家庭如何塑造人》（The New Poplemaking），張老師文化
邱妙津 《邱妙津日記》，印刻出版
張曼娟 《此物最相思》，麥田出版
聶魯達（Pablo Neruda）著／李宗榮譯 《二十首情詩與絕望的歌》，大田出版
張惠菁 《楊牧》，聯合文學
陳芳明 《詩和現實》，洪範書店
蔣勳 《漢字書法之美》，遠流出版
蔣勳 《身體美學》，遠流出版
邱坤良 《跳舞男女》，九歌出版
張小虹 《身體褶學》，有鹿文化
蔣勳 《美的覺醒》，遠流出版
余德慧 《生死學十四講》，心靈工坊
海德格（Martin Heidegger）著／王慶節等譯 《存在與時間》（Sein und Zeit），桂冠圖書

陳義芝主編 《2009 臺灣詩選》，二魚文化
陳育虹等 《日記十家》，爾雅出版
王盛弘 《十三座城市》，馬可孛羅
馬建 《非法流浪》，馬可孛羅
野夫 《江上的母親》，南方家園
施敏輝（陳芳明）編 《台灣意識論戰選集》，前衛出版
約翰·厄普代克（John Updike）著 / 吳萼州譯 《兔子富了》（Rabbit Is Rich），晨星出版
角田光代著 / 鍾蕙淳譯 《我喜愛的歌》，麥田出版
陳列 《地上歲月》，聯合文學
孫大川 《山海世界：台灣原住民心靈世界的摹寫》，聯合文學
米蘭·昆德拉（Milan Kundera）著 / 尉遲秀譯 《生活在他方》（Život je jinde），皇冠文化
李宗榮 《情詩與哀歌》，大田出版
孫梓評 《你不在那兒》，麥田出版
村上春樹著 / 賴明珠譯 《1Q84》（BOOK1、BOOK2、BOOK3），時報出版
林宜澐 《晾著》，二魚文化
史鐵生 《我之舞》，正中書局
羅蘭·巴特（Roland Barthes）著 / 汪耀進、武佩榮譯 《戀人絮語：一本解構主義的文本》（Fragments d'un discours amoureux），桂冠圖書
羅洛·梅（Rollo May）著 / 彭仁郁譯 《愛與意志》（Love and Will），立緒文化
瘂弦 《瘂弦詩集》，洪範書店
李長青 《落葉集》，爾雅出版
林餘佐 《棄之核》，九歌出版
郭哲佑 《間奏》，風球出版社

當代名家

更好的生活（十周年增訂新版）

2021年8月二版　　定價：新臺幣380元

著者　吳岱穎
　　　凌性傑
叢書編輯　黃榮慶
內文版式　霧室
內文排版　烏石設計
封面設計　蔡南昇

出版者　聯經出版事業股份有限公司
地址　新北市汐止區大同路一段369號1樓
叢書編輯電話　(02)86925588轉5307
台北聯經書房　台北市新生南路三段94號
電話　(02)23620308
台中分公司　台中市北區崇德路一段198號
暨門市電話　(04)22312023
台中電子信箱　e-mail：linking2@ms42.hinet.net
郵政劃撥帳戶第0100559-3號
郵撥電話　(02)23620308
印刷者　世和印製企業有限公司
總經銷　聯合發行股份有限公司
發行所　新北市新店區寶橋路235巷6弄6號2樓
電話　(02)29178022

副總編輯　陳逸華
總編輯　涂豐恩
總經理　陳芝宇
社長　羅國俊
發行人　林載爵

行政院新聞局出版事業登記證局版臺業字第0130號

本書如有缺頁，破損，倒裝請寄回台北聯經書房更換。　ISBN 978-957-08-5936-2 (平裝)
聯經網址：www.linkingbooks.com.tw
電子信箱：linking@udngroup.com

國家圖書館出版品預行編目資料

更好的生活（十周年增訂新版）/吳岱穎、凌性傑著．二版．
新北市．聯經．2021年8月．320面．14.8×21公分（當代名家）
ISBN 978-957-08-5936-2（平裝）

863.55 110011495